Alma de fogo

Alma de fogo, coração de lavas
("O Conde Lopo")

Alma de fogo

Editora-chefe
Claudia Morales
Editor
Fabricio Waltrick
Editor assistente
Emílio Satoshi Hamaya
Preparação
Graziela Marcolin
Apêndice
Adriano Guilherme de Almeida
Coordenadora de revisão
Ivany Picasso Batista

ARTE
Projeto gráfico
Marcos Lisboa, Suzana Laub,
Katia Harumi Terasaka, Roberto Yanes
Editor
Vinícius Rossignol Felipe
Diagramadora
Thatiana Kalaes
Editoração eletrônica
Carla Castilho | Estúdio

CIP-BRASIL. CATALOGAÇÃO NA FONTE
SINDICATO NACIONAL DOS EDITORES DE LIVROS - RJ

T267a

Teixeira, Mario, 1968-
Alma de fogo : um episódio imaginado da vida de Álvares de Azevedo / Mario Teixeira ; Ilustrações Daniel Og. - São Paulo : Ática, 2009.
184p. : il. - (Palavra Livre)

Contém antologia de poemas de Álvares de Azevedo
Contém suplemento de leitura
Inclui bibliografia
ISBN 978-85-08-12677-4

1. Literatura infantojuvenil. I. Azevedo, Álvares de, 1831-1852. II. Og, Daniel. III. Título. IV. Série.

09-3187 CDD: 028.5
CDD: 087.5

2011
1ª edição
2ª impressão
Impressão e acabamento: Yangraf Gráfica e Editora

ISBN 978 85 08 12677-4 (aluno)
ISBN 978 85 08 12678-1 (professor)
Código da obra CL 736641

Av. Otaviano Alves de Lima, 4400 – CEP 02909-900 – São Paulo - SP
Atendimento ao cliente: 0800-115152 - Fax: (11) 3990-1776
www.atica.com.br – www.atica.com.br/educacional – atendimento@atica.com.br

Mario Teixeira

Alma de fogo

um episódio imaginado da vida de Álvares de Azevedo

Ilustrações

Daniel Og

conforme a nova ortografia da língua portuguesa

editora ática

Para minha mãe.
E, como sempre, Yara e Maria.

Sumário

Um cadáver de poeta

Poetas! Amanhã ao meu cadáver
Minha tripa cortai mais sonorosa!...
Façam dela uma corda e cantem nela
Os amores da vida esperançosa!
("O poeta moribundo")

O corpo do estudante Manuel Antônio Álvares de Azevedo jazia em uma mesa de pau.

Os alunos da Academia de Ciências Jurídicas e Sociais da Cidade de São Paulo estavam consternados. O defunto parecia apenas repousar. O quintanista Bernardo Guimarães, em meio ao lamento geral pela perda do amigo, era quem mais sofria. Não podia ser diferente: os dois, mais Aureliano Lessa, mineiro de Diamantina, formavam o Triunvirato. Eram os vates da academia, os poetas laureados pela estudantada. Planejavam até lançar um livro em conjunto, chamado *Três liras*, volume muito aguardado, mas que jamais saíra da promessa.

O Guimarães, como era chamado pelos confrades e professores, arrancava os cabelos em desespero:

— Maneco!

O modesto salão da república de estudantes não comportava mais gente. Eram alunos, comerciantes e até mesmo religiosos. A morte de um estudante que prometia tanto consternava os espíritos mais empedernidos. Até o cônego Dias, que pontualmente na missa das sete vociferava contra a estudantada, enxugava os olhos mortiços com a manga da batina, emocionava-se:

— Uma vida ceifada no regaço!

O mendigo Marquês, reavivando a brasa de um charuto que encontrara no chão, não podia acreditar:

— Um menino tão bondoso! Num dia de garoa, tirou o próprio casaco para me abrigar!

Consternadíssimo, o Marquês debruçava-se sobre o caixão, às lágrimas. Sempre atento, Bernardo Guimarães enxotou-o de lá:

— Toma cá essa moeda, Marquês. Vai beber um trago em memória do nosso amigo!

E, a um estudante que estava por ali, Bernardo segredou, esfregando as mãos para limpá-las:

— Vai que ele suja o nosso defunto com essa baba de bêbado!

Até as Xavier, as tímidas filhas do alferes Bugalho Xavier, vieram prantear o morto. As duas, que uma não saía sem a outra. Temiam ficar faladas.

— Parece que dorme — comovia-se uma.

— Tão moço... Se bem que vivia achacado... e era pálido como um cadáver, ainda em vida... — dizia a outra. — Esses estudantes veem o dia nascer tocando viola. Tomam sereno e se alimentam mal. Dá nisso.

Bernardo tratou de tirá-las de perto do esquife. Avisou que ofereceria bolos e refrescos, mas não os tinha.

— Não passamos de estudantes pobres, minhas senhoras! Temos talento para mil versos, mas nem um vintém para o traslado do corpo.

Daqui até o porto de Santos é um estirão! E depois, a viagem de chalupa até a corte, onde reside a chorosa mãe do morto! Estamos pensando em jogar o cadáver aos urubus.

A Xavier caçula persignou-se:

— Que horror!

Bernardo enxugou uma lágrima sentida:

— Quem sabe se, digerindo um poeta, eles não começam a cantarolar como canários?

As duas irmãs, sempre comovidas com aquela triste existência interrompida em pleno viço, trataram de contribuir com oitocentos réis.

— É o que temos — informou a primogênita.

O estudante agradeceu numa reverência. As duas irmãs se afastaram, arrastando a barra enlameada dos vestidos. Aquelas ruas esburacadas não poupavam nem o figurino das moças de melhor estirpe.

Bernardo tirou discretamente um maço de dinheiro do bolso e engrossou o bolo com a recente contribuição. Sentiu um cutucão na perna esquerda. Era o defunto:

— Quanto elas deram? — cochichou, mantendo os olhos fechados.

— Cala a boca! Estás morto!

— O maldito Marquês quase me mata de verdade com aquele bafo do cão! Ainda demora este velório?

— Já temos 25 mil-réis! A noitada está garantida!

— Então tirem-me daqui!

— Perdeste o juízo? O salão está cheio!

Mal Bernardo pronunciou essas palavras, Aureliano Lessa invadiu o recinto, o eterno charuto na boca. Jogando sobre os ombros a capa ensebada, atirou-se ao caixão:

— Maneco!

Bernardo amparou o amigo:

— Foi uma fatalidade, Lessa!

Aureliano enxugou os olhos com o punho da camisa:

— Perdemos o melhor dentre nós!

O charuto que lhe pendia dos lábios estava aceso. Uma brasa escapuliu e caiu entre as pernas do defunto. Em meio à comoção geral, ninguém percebeu, até que uma alma piedosa notasse a fumaça:

— O caixão está em chamas!

— Acudam!

— Socorro!

— Ai!

O morto levantou-se num salto olímpico. Só mesmo um fantasma para dar um salto daqueles!

— O defunto ressuscitou!

As pessoas fugiram espavoridas. Em segundos, o salão estava vazio. Álvares de Azevedo dava tapas nas pernas esbraseadas:

— Olha o que fizeste, animal! Queimaste-me as calças!

Aureliano Lessa ria tanto que engasgava:

— De quem foi essa ideia?

— De quem mais? Do Bernardo, é claro!

O autor da façanha estava comodamente sentado a um canto, contando o lucro auferido com as exéquias de Álvares de Azevedo.

— À taverna!

— À Taverna do Corvo! O nosso antro!

Para lá marcharam.

* * *

Teresa sacudia-se de tanto rir. Que ideia! Fazer o velório de um vivente para amealhar dinheiro para a esbórnia. Era até pecado! Maneco, sentado à sua frente, espirrou. Com seu rosto pálido, os lábios finos, bem poderia passar por morto.

— Esses canalhas me deixaram por duas horas naquele caixão de pau ordinário… Acho que fiquei constipado.

Os estudantes bebiam vinho e garapa. Faziam uma algazarra dos diabos, e só eram tolerados porque mostraram o dinheiro. O taverneiro era escolado. Sabia que os estudantes eram mestres em fugir sem pagar a conta.

— Não queres vinho, Maneco? — perguntou a moça.

— Só se for servido pela tua mão.

Ela soltou uma gargalhada:

— Por quem mais havia de ser?

Teresa atendia na taverna em troca de moradia e comida. Também era permitido que ela embolsasse as gorjetas, que, contudo, eram raras.

Tinha braços fortes, bem delineados, e uma cabeleira cheia e loira que lhe descia pelos ombros. As mãos eram firmes, acostumadas às bandejas pesadas. Bernardo, numa noite mais assanhada, já tinha sentido a decisão daqueles pulsos finos, mas possantes. Ele beliscou-lhe as partes, e ficou sem enxergar com o olho direito por duas semanas. Diante da caçoada dos que mofavam do seu tapa-olho, dizia que ver o mundo pela metade é melhor do que o ver a pleno: só se percebia das desgraças meia parte.

— Quanto vocês amealharam?

— Vinte e cinco mil-réis — respondeu Maneco.

— Nada mal para um morto. E que casaca mais bonita!

Orgulhoso de sua indumentária, o moço estendeu o braço e puxou a manga, desfazendo as rugas do tecido amarrotado.

— Maneco, és mais arrebicado que uma moça — disse Teresa. — Que tecido fino!

— Minha mãe mo enviou da corte.

— Nem me fala! Bem sei que és rico.

— Rico de amor. No mais, canto à lua serenatas. Roubo beijos de donzelas. Que tal?

— As donzelas a esta hora dormem.

— Tu estás acordada.

— E continuarei alerta até que vocês desapareçam. Ordens do patrão.

— O Bugio, aquele capão ganancioso, cevado à nossa custa!

Teresa debruçou-se sobre o balcão. Maneco olhou para os seus seios.

— De capão ele não tem nada. Já sabes da novidade, Maneco?

— Só me conta se for boa.

— O Bugio diz que, se eu aceitar o pedido de casamento dele, me dá um conto de réis.

— O teu patrão não tem um conto de réis.

— Diz que tem.

— Acreditas nisso?

— Não.

Mais tarde, ao relento, a garoa congelava o que tocava. Maneco foi o primeiro a sair da taverna. Amaldiçoou a umidade. Arre, que cidade! O calçamento era pior que uma alameda do inferno; em cada esquina encontrava-se um padre, e as moças mais bonitas estavam nas tavernas. Eram bugras, mestiças, mas pelo menos tinham viço. As filhas da boa sociedade tinham dentes tão pretos que, ao sorrir, deixavam a impressão de ter mastigado carvão.

Na semana retrasada, durante o baile na casa da marquesa de Santos, tivera que tapar o nariz ao conversar com a Francisca Gomide. E olha que ela era das mais admiradas da cidade! Tinha o sangue de Fernão Dias nas veias, e o hálito do antepassado morto. Quem sobrava? As Xavier? A mais nova passava, mas a outra... Ainda há pouco, a mais velha fizera Maneco se revolver em seu sono de morto. Pela fedentina de sua boca, decerto bebia a água do próprio banho. E ainda disse que ele parecia um cadáver. Ora, quem falava! Justo a que não tinha nariz! A fuça de caveira! Claro que Maneco esquecia-se, propositalmente, de Laura Grandet. Ela era a Laurita, a alegria e o ódio dos estudantes. Toda a mocidade da Pauliceia pelava-se pela moça, uma linda loira, pálida como um lírio e fria como o mármore, na explicação de Bernardo, que a odiava. O mineiro havia sido íntimo de um estudante que se matara de amor por ela: o legendário Feliciano Coelho Duarte. De favorita dos moços passara a ser odiada, depois do suicídio de Feliciano.

A única que suscitava admiração franca, sem rancor, era a "israelita", a filha do vendeiro Efraim Zacuta. Judite, chamava-se ela. Era linda, com os olhos azuis e os cabelos ruivos, mas havia o abismo da religião. Mal saía de casa.

Maneco ouviu passos e levou a mão ao cabo do punhalzinho que sempre carregava consigo. Além de tudo, não era uma cidade segura. Um de seus confrades na academia, Cipriano Penelon, andava com um par de pistolas. Não sabia se funcionavam, provavelmente não, mas impressionavam.

— Maneco! Por onde andaste? — era Bernardo Guimarães, que se aliviava a um beco, de onde correu até ele, abotoando as calças.

— Por aí. Como bem sabes, gosto de vaguear pela rua.

— Vais pegar uma constipação. Saíste da taverna há mais de hora!

— Estou acostumado.

— E agora? — disse Bernardo, enlaçando os ombros do amigo. — Tocamos para onde?

— Para casa — respondeu Maneco, desembaraçando-se do abraço incômodo. — Temos exame amanhã!

— Exames temos sempre! Dinheiro é raro. Dinheiro do próprio enterro, aliás, nunca mais teremos. A cidade não vai cair nesse conto de novo. É nosso dever gastar tudo, até o último vintém!

— Gasta a minha parte por mim.

— Estraga-prazeres.

— Deixa-me em paz, Bernardo.

— Mal saíste, o Lessa arranjou uma namorada. Diz que vai cear com ela no cemitério, em cima da lápide do túmulo do Feliciano!

— Que vá. O defunto não vai reclamar do barulho.

— Mal-humorado.

— Tenho sono.

Bernardo estacou no meio da rua:

— Pelo menos me chama amanhã, a caminho da academia?

Maneco fez um gesto que tanto podia ser de sim como de não. Seguiu seu caminho até a república, que ficava na Chácara dos Ingleses. A república tinha esse nome porque fora propriedade de um súdito da coroa britânica, e agora caía aos pedaços, quase abandonada.

Quando chegou à república, estava encharcado. A garoa molhava até a roupa íntima, era insidiosa como uma névoa daninha.

O sumiço de Aureliano

Lancei-me ao desviver: gastei inteira
Na insânia das paixões a minha vida.
("Poema do frade")

No dia seguinte, quando chegou ao quarto que Bernardo dividia com Aureliano Lessa, na rua da Forca, um toco de vela ainda ardia. Maneco molhou os dedos na língua e apertou o pavio.

Os sinais da noitada estavam por todo lado. Ainda bem que, dessa vez, ele não participara. Estava cansado dessas inconsequências. No dia seguinte, mal conseguia concentrar-se nas aulas. Olhou ao redor. A cama de Bernardo, revolta, estava vazia. E onde estaria Aureliano? Que chateação! O exame teria início em trinta minutos!

O estudante decidiu não esperar mais. E foi benfeito, porque, mal adentrou as arcadas, viu Bernardo fumando um charuto.

— Ó Guimarães! Que fazes aí, que não entraste na sala de aula?

— A matéria não me interessa — respondeu gravemente o amigo.

Maneco riu. Tinha perdido metade da manhã procurando Bernardo, e lá estava ele, repimpado feito um bebê grande. Sim, pois parecia uma criança aquele seu camarada! Não assistia às aulas, perdia a hora dos exames... Só se animava quando se tratava de gazetear por aí. Era o primeiro a sacar as roupas e mergulhar no Tietê! Do Tamanduateí não gostava:

— Muito cheio de curvas. E curvas já me bastam as das moças!

Tinha sempre uma frase de efeito aos moços, um galanteio para as moças, que admiravam seu perfil moreno, seu bigodinho preto.

— Onde está Aureliano? — perguntou Maneco.

— Não se sabe. Eu não o vi chegar. Provavelmente foi dormir a desoras nalguma pocilga, e está roncando feito um porco cevado. Porco, sim, porque a última vez que o nosso colega tomou banho foi quando o pai da Judite lhe mandou uma tina de água nas fuças!

Maneco estendeu a mão ao amigo, que, num impulso, se levantou.

— Estudaste, ó caluniador?

— O que achas? — respondeu Bernardo, limpando a ramela dos olhos.

— Nem um pouco.

— Tu me ajudas?

— Desde que sejas discreto...

Maneco Azevedo tinha pressa. Bernardo examinou o amigo de alto a baixo. Àquela hora da manhã, e ele já estava de colarinho engomado, calçando luvas de pelica. Pelica! Era mesmo um dândi aquele Álvares de Azevedo! Uma onda de ternura o invadiu, e ele estalou um beijo na cara magra do amigo.

— Que nojo — disse Maneco. — Para com isso!

— Como conseguesl, amigo, poetar como Byron, tirar boas notas, preparar discursos e ainda aproveitar a vida?

Sim, porque a noite anterior fora atípica. Maneco não era de desertar de uma farra. Não era apenas um talento em verso. Também não tinha medo de se aventurar. Era dado a caçadas. Atirava bem, com uma arma de estimação, uma moderna carabina alemã Dreyse, que deixava sempre bem azeitada. Na última aventura, em Carapicuíba, a geada na mata quase lhe congelara os dedos, e ele só reclamara dos carrapatos.

Entraram. Tudo transcorreu bem, o exame foi encerrado pelo lente, o padre Vicente Pires da Mota, um sujeito de grossas suíças e pincenê na ponta do narigão, que não parava de escorrer, efeito do rapé que ele cheirava a toda hora. E nada do Lessa. Mais tarde, de volta à república da Chácara dos Ingleses, Maneco perguntou-se onde andaria o amigo. Aureliano Lessa, como muitos em sua turma, era relapso em relação aos estudos, mas não costumava faltar às aulas. Não era rico, e sabia valorizar o investimento do pai, um modesto vendeiro das Minas Gerais.

— O pai quer o filho doutor, e doutor o terá! — costumava dizer, entre um poema e outro, que recitava a toda hora. Tinha uma incrível capacidade de

improvisação, aquele danado! Só perdia na verve para o Bernardo — principalmente quando duelavam em *bestialógicos*, poemas que eram sem pé nem cabeça, serviam apenas para divertir. Nisso, e na libertinagem, o mineiro de Ouro Preto era imbatível. Poetava como quem cuspia. Na tradição de Bocage, era cada verso mais indecente que o outro. Maneco morria de rir. Ele mesmo sabia de cor vários poemas do amigo.

— Que é do Lessa, afinal?

Com as costas da mão, Bernardo abafou um bocejo:

— É como eu disse. Ontem à noite ele saiu da taverna antes de nós todos. Claro que não pagou a parte dele.

— O dinheiro não foi bastante?

— Não.

Maneco soltou um assobio admirado. Vinte e cinco mil-réis eram apenas cinco a menos que o total de sua mesada. A soma não dava para viver à larga, mas um estudante podia sustentar-se por quatro semanas com aquele dinheiro.

— O Bugio mistura água ao vinho — disse Bernardo. — Está ficando rico, o celerado, à nossa custa!

— Na última vez teve prejuízo. Quebraram três mesas e incontáveis cadeiras.

— Prejuízo, nada — disse Bernardo. — Se ele mesmo fabrica aqueles móveis com madeira podre, para depois cobrar aos estudantes! Se o sujeito for apenas gorducho, como o Pinto Mendes, o assento não suporta o peso. A cada tombo de um estudante incauto, ele lucra com as machucaduras! É o pior tipo de usurário, o que desfruta da dor alheia, aquele leitão cevado!

— Sabes que ele pediu a mão da Teresa em casamento?

Bernardo Guimarães ficou tão indignado que engasgou. Maneco deu-lhe três valentes tapas nas costas.

— A mão? O braço e tudo mais, todo o resto daquele corpo torneado a cinzel? Só por cima do meu cadáver!

O poeta de Ouro Preto tossiu de novo. As faces do seu rosto moreno se afoguearam, as veias do pescoço ficaram intumescidas.

— Se continuares assim, será para breve, Bernardo. Precisas parar com o éter.

— Só tomo éter quando a dor na cabeça me desnorteia. A cefalalgia me persegue como um cobrador.

Fechou a cara, amuado. Maneco achou por bem ficar calado. Gostava do amigo, independentemente dos seus hábitos.

— Quem diria — disse Bernardo. — O Bugio arvorando-se em conquistador. Daqui a pouco vai querer frequentar a corte. Eu não disse? A culpa é nossa, que, forrando-lhe a bolsa, lhe damos meios para isso. Com dinheiro, até uma mula de carga pode calçar sapatos de cristal, meu amigo. É só poder comprá-los!

***

Aureliano Lessa acordou estremunhado. Não sabia onde estava, mas lembrava-se de ter chegado ali em companhia da "noiva". A cerimônia fora celebrada no balcão ensebado da taverna. O Bugio em pessoa deixara o mau humor de lado para oficiar o noivado. Tampouco lembrava o nome da amiga. A moça servira-lhe do próprio punho duas canecas de vinho aguado na taverna, e ele se apaixonara. Agora não sabia dela.

As paredes da pensão onde estava eram descascadas e bolorentas. Um lugar sórdido, pensou o moço. Com a ponta do pé ainda calçado, esmagou uma barata que se enfiava por uma rachadura.

Levantou-se num pulo. Sentia as costas doerem. "Será que levei uma sova? Não, não tenho hematomas..." Checou os bolsos. "Nem fui roubado... Se é assim, a culpa foi toda minha. Se tivessem me dopado, teriam também me limpado. E bem que eu merecia! Onde já se viu, beber assim, feito um marujo? Bem que o Maneco dizia. Bebida e garoa não combinam. A bebida aquece por dentro, mas a garoa congela por fora. Se juntar a isso mulheres, tem-se uma infeliz alquimia!" Quando percebeu, estava falando em voz alta.

— Meu pobre pai se esfalfa naquela venda, negociando rolos de fumo a tostões, e eu torro toda a mesada na esbórnia... Preciso tomar tento na vida!

Quando desceu as escadas, ficou chocado com o preço da estadia. Dois mil-réis por um quarto!

— Há quanto tempo estou aqui?

— Uma noite e a manhã quase toda, mestre — respondeu o estalajadeiro. — A moça ainda vai ficar muito tempo?

— Que moça, homem? Não há ninguém lá em cima.

O sol da manhã feriu-lhe os olhos. Uma lembrança nublou ainda mais sua visão. Seria dia de exame?

A morta misteriosa

A vida é noite: o sol tem véu de sangue...
(*"Epitáfio"*)

A moça fora encontrada de bruços sobre a lápide da sepultura de Feliciano Coelho Duarte. Os braços estendidos abraçavam a cruz de mármore. Usava um vestido branco, de gaze esvoaçante.

A *causa mortis* havia sido uma pancada na cabeça.

Depois o assassino fizera um corte no pescoço. De orelha a orelha.

— Navalha — disse Gontijo Feijó.

O chefe de polícia tinha motivos para acreditar que o assassino era um jovem. Só os estudantes frequentavam o cemitério àquela hora da noite. Eles é que eram dados àquelas esquisitices. Faziam verdadeiros banquetes sobre o mármore das tumbas, organizavam festins de todo tipo.

— Como sabe que ela foi morta ontem, senhor?

— Pelo *rigor mortis*.

Tonicão aceitou a explicação. A experiência do chefe o fazia acreditar em tudo que Gontijo Feijó dizia.

— Escreve aí.

O moço molhou a pena num tinteiro de metal, limpou o grosso da tinta na camisa e passou-a ao chefe de polícia:

— Senhor... não se lembra que não sei escrever?...

Com um gesto impaciente, o policial começou a anotar, usando as costas do ajudante como apoio:

— Corte longitudinal no pescoço, seccionando a veia jugular. Edema na região dos olhos. O edema também pode ser indício de sufocação.

— Então ela morreu de edema?

— Ninguém morre de edema, pateta! O edema é um sintoma! Anotarei também o nome do morador do jazigo, que Deus o tenha: Feliciano Coelho Duarte.

— Isso é importante, senhor?

— Certamente. Era um dos moços da Sociedade Epicureia.

— Sociedade Epicureia? O que é isso?

— Uma sociedade secreta. A confraria de estudantes da Academia de Ciências Jurídicas e Sociais. O Coelho Duarte era um deles. Matou-se no ano passado. Tinha 19 anos.

* * *

O chefe de polícia, depois de um minucioso exame no cadáver, tinha em mãos um lenço de cambraia encontrado com a defunta. Era um lenço de homem e tinha as seguintes iniciais: AL. Decerto indicam o prenome e o sobrenome do assassino! Mas não eram horas de pensar naquilo. Eram quase duas da tarde, hora do jantar. E sua mulher, dona Arminda, não costumava esperar.

Metendo o lenço no bolso, tratou de se apressar. Se era adequado fazer aquilo com uma prova? Claro que não, mas ele não havia se dado conta. Na correria, magoou os pés num tropicão. Arre, esse calçamento arruinado! No caminho, avistou o cônsul da França, senhor Alphonse Grandet. Sua senhora e filha iam ao lado, num banguê sustentado por dois negros.

— Boas tardes, boas tardes!

O cônsul Grandet não se deu ao trabalho de responder. Fazia calor e ele tinha pressa. Contudo, mal o chefe de polícia passou por ele, escutou a admoestação:

— Boas tardes, senhor chefe de polícia? Como a tarde pode ser boa, se a noite foi pavorosa?

Gontijo apertou o passo, e não era mais por medo da mulher. Pelo jeito, a notícia ia andar, e em breve!

* * *

A São Paulo de 1851 tinha 15 mil habitantes.

O chefe de polícia Gontijo Feijó estava certo. A notícia da morte da moça correria a cidade tão rápido quanto um tiro de pistola. E seu efeito não havia de ser menos fatal.

O experiente policial já sabia: a língua do povo culparia imediatamente os negros. Decerto a infeliz foi vítima de alguma mandinga ou outro ritual macabro, diriam os paulistas horrorizados. Como a morta era de baixa extração, o estrago seria menor, mas ainda assim era uma vítima.

A caminho da refeição, o chefe de polícia ia pensando: "Se a macabra nova se espalha! Acontecer uma fatalidade dessas bem na minha cidade!". Não que São Paulo fosse o largo da igreja. Pelo contrário, aconteciam crimes. Na semana anterior mesmo, dois estudantes da academia atacaram outro a golpes de pau. Eram cacetistas profissionais, que viviam metidos em briga. Dois deles o chefe de polícia fez dormir na cela por quatro noites seguidas. O terceiro estava à morte! Havia outras ocorrências também. No mês anterior, a geada fora tão forte que um negro dormira bêbado na várzea do Carmo e amanhecera morto. E uma pedra de gelo do tamanho de um punho fechado quebrara a vidraça do diretor da academia, doutor José Maria de Avelar Brotero.

Mas aquele crime... Claro que na presença dos homens ele demonstrara frieza, mas não conseguia esquecer a face branca da morta. Nem tinha vinte anos! Era uma perdida, mas as perdidas também nascem de mulher. São filhas de Deus!

Apesar das aflições, jantou bem.

Um estrangeiro nos trópicos

Nenhum brasileiro é de sangue puro [...].
Uma população toda mulata, com sangue viciado, espírito viciado, e feia de meter medo.
(Conde de Gobineau)

Ao chegar em casa, à rua da Freira, o cônsul Alphonse Grandet descalçou logo as botinas. Tinha horror à poeira das ruas da cidade. Não queria macular os tapetes que trouxera de suas tantas viagens. Como representante do governo de seu país, servira no Oriente bravio, onde uma afronta podia fazer jorrar sangue, mas um gesto de cavalheirismo jamais era esquecido. Bem diferente do Brasil, terra de malandros e degenerados. Maldita hora aquela em que havia sido enviado a esta terra perdida. Isto era o fim do mundo!

— A que horas pretende cear, senhor? — perguntou-lhe a mulher.

Grandet fitou-a com enfado. Diante da demora da resposta, ela repetiu a pergunta. Ele não se deu ao trabalho de responder.

— Tenho fome — disse ela.

O cônsul fitou-a com desgosto. A mulher massageava as ancas fustigadas pelo sacolejo do banguê. O açúcar exagerado dos doces desta terra estavam estufando-

-lhe o corpo como o ar soprado a um balão. A cintura de dona Adèle, antes delgada e elegante, agora lembrava a roda de uma carruagem grande.

— Estás sempre com fome!

Dito isso, retirou-se para o gabinete. As estantes repletas de livros encheram-no de ternura. Ali se sentia em casa, entre as relíquias do Oriente e os velhos tomos que enchiam as estantes de madeira escura e que o acompanharam em tantas representações, do Marrocos ao Egito, protegidos em baús de couro e caixotes de madeira. Aqueles livros guardavam segredos ancestrais em línguas esquecidas, e poucos tinham o direito de folheá-los. Ele era um desses escolhidos.

Outro orgulho era sua esplêndida coleção de armas. Havia adagas malaias de lâminas retorcidas que eram usadas em sacrifícios humanos, pequenos e falsamente inofensivos punhais medievais de ponta aguçada, chamados apropriadamente de misericórdias, utilizados para dar fim à vida do adversário nos duelos, caso ele não implorasse clemência, e espadas dos mais variados tamanhos e formas, além de pistolas e espingardas de uso militar. Essas delicadezas sossegavam o seu espírito indignado. O calor, as moscas, tudo nesta terra era-lhe insuportável. Ao contrário dos outros países onde servira, o Brasil não oferecia nada. Era um país novo, sem história, povoado por gente raquítica e parva. Diante de tanta desolação, era um conforto dispor daquelas riquezas. Ele segurou uma cimitarra, sentindo na ponta do polegar a lâmina afiada. Nesse momento, a porta se abriu. Ele soltou um grito: com o susto, o fio da espada lancetou-lhe a ponta do dedo, que ele imediatamente levou à boca.

— Não sabes bater, Laura? Os hábitos desta terra por acaso já contaminaram a educação que recebeste em casa?

— Mamãe mandou pôr a mesa! E depressa, papai, que esta noite tenho baile!

Saiu batendo a porta. O cônsul suspirou. Laura era a filha única, a única criatura que podia falar assim com ele. Jamais a admoestara. Nunca a havia castigado. O resultado era uma insolência coquete, enquadrada numa face resplandecente de musa. Ela era o seu orgulho. Por isso pretendia mandar retratá-la a óleo. Por esses dias, chegaria da corte um pintor português que ele contratara a bom preço para pintar o retrato da filha. Tinha também outros planos para o artista, mas ficariam para a hora devida.

Delicadamente, como se segurasse um passarinho, depôs a cimitarra em seu estojo, uma espécie de aljava de couro que os hindus acomodavam às costas, e foi jantar. Jantava-se cedo naquela terra. Mais um hábito bárbaro, dizia o cônsul, mas, enfim, "era preciso adaptar-se".

Um morto por ano

Quando as harpas do peito a morte estala!
("Epitáfio")

— O que temos hoje à noite? — perguntou Bernardo, lendo os dizeres escritos a carvão na parede do quarto:

1850 — *Feliciano Coelho Duarte.*

1851 — *João Batista da Silva Pereira Júnior.*

1852 — ....

Eram os nomes de dois estudantes, mortos recentemente. Corria uma superstição na academia. A cada 12 meses, um quintanista entregava a alma a Deus.

— Ó Maneco, quem será o ano que vem?

— Se continuares desse jeito, tu — respondeu o amigo, penteando os cabelos curtos com os dedos.

— Deus me livre. Vou me conservar em álcool até a alvorada do século XX. Mas não me respondeste. O que há hoje?

— Fora o baile insosso da Concórdia Paulistana, nada.

Os bailes dessa sociedade recreativa eram o horror dos dois amigos e de seus camaradas, mas também ofereciam a única distração da cidade.

— A Laurita vai — informou Bernardo, num tom ameno, mas que sabia ser provocativo.

Maneco, que calçava as botinas, interrompeu-se no pé esquerdo:

— A perversa!

— A assassina de confrades!

— Que morra solteira!

— Encerrada num convento!

Os dois voltaram-se piedosamente para o dístico na parede. Sim, pois, para os dois poetas, cada um daqueles nomes era um verso. O primeiro, Feliciano Coelho, era aquele que se suicidara por amor a Laura Grandet. João Batista Pereira nada tinha a ver com ela, nem em vida nem na morte, mas também morrera jovem. Maneco havia feito o discurso fúnebre nos dois enterros.

Maneco suspirou.

— O que foi? — quis saber Bernardo.

— Às vezes tenho saudade dos bailes da corte. Enquanto lá fulguram as mil e uma noites, aqui se arrasta o narcótico e único baile da Concórdia Paulistana. Nunca vi lugar tão insípido como hoje está São Paulo.

Bernardo Guimarães, que se deitara na cama do amigo, levantou-se num pulo:

— Já sei! Sei o que fazer para espantar o tédio, esse *spleen* que nos corrói a alma!

— O quê?

— Vamos ao baile e, depois, iremos salvar a Teresa. Não podemos deixá-la nas garras do Bugio, aquele barba-azul!

Maneco terminou de calçar a botina. A ideia do baile o desanimava, mas a perspectiva de ver Teresa depois o enchia de disposição. Oferecera a ela dois poemas, e estava escrevendo o terceiro. Não concluíra este, e ultimamente tinha a sensação de que não concluiria muitos outros ainda.

A dança do tédio

Uma súcia de bailes de meia-tigela!
(Álvares de Azevedo, carta à mãe)

O baile da Sociedade Concórdia Paulistana arrastava-se ao ritmo da valsa lenta. Bernardo, ao abafar um bocejo, deixou escapar um arroto.

A Xavier mais velha fez uma careta horrorizada e cochichou algo à irmã, que correu para contar a Laurita, a rainha do pequeno enxame de moças que esvoaçava ao redor de si. Ela, por sua vez, balançou a cabeça, desaprovadora:

— Gentinha — disse, abanando-se com um delicado leque japonês. — Bem que meu pai diz... gente sem modos. — Seu narizinho de narinas quase translúcidas, como o de um camundongo, perscrutou o ambiente.

Maneco atravessou o salão e ofereceu-lhe a mão:

— Me dá a honra?

A mãozinha enluvada de Laurita ergueu-se à altura da sua. O cônsul Grandet, que conversava com o cônego Dias, ficou atento.

— Vosso pai está preocupado — disse Maneco.

— Que fique. Sabe quem me escreveu de Paris, senhor Azevedo?

— Posso imaginar.

— O seu amigo Tancredo Vito. Presunçoso como sempre. Escreve-me tantas vezes, apenas para me provocar com seus gracejos. Tomei uma decisão: não vou mais abrir suas cartas.

Tancredo Vito era um velho colega da academia. Tornara-se legendário. Um dia conseguira atrair a atenção dos jornais da corte ao tentar levantar voo do alto do telhado do colégio dos beneditinos numa engenhoca feita de uma armação de madeira colada com piche e recoberta de penas de ganso. Queria voar. Tudo que conseguiu foi um pé quebrado. O pai, rico cavador de ouro das Minas Gerais, despachou-o para a Europa. Quanto mais longe estivesse aquele herege, melhor!

A lembrança do amigo fez Maneco sorrir. A música cessou. Laurita recolheu o braço.

— Posso saber o que é tão engraçado?

— Estou sorrindo para si, senhorita, e não de si.

Laurita fez uma breve reverência, agradecendo a contradança, e voltou para a colmeia. As moças correram a cercá-la, equilibrando-se na ponta dos pés e soltando gritinhos. Maneco não pôde deixar de observar que suas toaletes, escolhidas com esmero, eram pavorosas. Uma delas trajava calções por baixo das saias! O cônsul correu a tomar o braço à filha, levando-a dali para junto da família, que tinha um lugar de honra no salão. Maneco cumprimentou-o com um aceno discreto, a que o cônsul respondeu com um leve meneio da cabeça.

Bernardo veio a ele com uma taça de ponche:

— Bebe, Azevedo. É a única forma de evitar a modorra desses bailes.

Maneco fez uma careta e devolveu-lhe a taça:

— Está morno.

— Bebida quente e mulheres frias... Estamos bem arranjados — disse Bernardo, bebendo o ponche de um gole só. — O que a serpente sussurrou-te ao ouvido?

O queixo insolente de Laurita apontou para eles. Sabia que falavam dela. A mãe sussurrou-lhe algo, ao que ela virou o rosto.

— Disse que recebeu nova carta de Tancredo.

— Aquele janota. Eles se merecem.

As portas do salão abriram-se bruscamente. Era o chefe de polícia, apressado e suarento, que, relanceando os olhos pelo recinto, localizou o cônsul Grandet e foi imediatamente ao seu encontro. Os dois cochicharam por um breve espaço de tempo e saíram juntos.

— Parece que o Gontijo Feijó trouxe novidades — observou Bernardo. — O que será?

— Não sei e não me interessa. Aquele borra-botas vive rodeando o cônsul, receoso da influência que ele tem na corte. É de fazer vergonha tanta sabujice. Vamos embora daqui. Este baile está me dando sono.

— Agora falaste, Azevedo! À taverna!

* * *

Aureliano Lessa já estava na Taverna do Corvo. Era atraído pela tabuleta descorada como uma mariposa pela luz. Com ele estavam o gorducho Pinto Mendes, o famoso Cipriano Penelon, maganão orgulhoso de sua basta cabeleira preta como piche, que vinha adiando o quanto podia a conclusão de seus estudos, e um jovem que nunca tinham visto.

— Quem é esse? — inquiriu Bernardo ao chegar com Maneco, apontando a cara pálida do moço.

— Apresento-lhes Francisco de Paula Ferreira de Rezende — informou Lessa, num gesto teatral. — Bicho de primeira leva. E, como tal, foi informado de que teria de vir à Taverna do Corvo, prestar reverência à Teresa!

Maneco apertou a mão suada do moço. Via-se que ele estava nervoso. Provavelmente nunca se enfiara numa toca daquelas. E, antes de sair do torrão materno, decerto ouvira muitas recomendações da mãe, a fim de evitar lugares tais.

O jovem poeta mirou as calças apertadas do moço, a casaca de abas viradas. Já se colocava à moda da academia.

— Tu te pareces com Victor Hugo!

A face pálida do moço resplandeceu:

— Acha mesmo?

Bernardo, intrometendo-se, segurou-o pelas orelhas, examinando-lhe o rosto bem de perto.

— Claro que não! O amigo Azevedo aqui está apenas sendo gentil, para que pagues a conta deste lupanar. De onde vens, bicho?

— Tenho nome, senhor — retrucou o moço, corando ofendido.

— Bicho, e bicho abespinhado! Galinho de briga... Mal se cutuca, já afia o esporão! — Com as costas das mãos, Bernardo espadanou o pó da lapela do novato. — Doravante andarás em companhia de facínoras e pagãos, criança. E este lugar ignóbil é apenas o primeiro degrau de tua queda.

Mal disse isso, Bernardo arremeteu para a portinhola estreita que dava para os fundos da taverna, onde ficava o depósito de bebidas.

— Arre! Ninguém serve nada nesta pocilga?

Maneco estendeu a mão ao moço, que prontamente a apertou.

— Permite que eu me apresente. Manuel Azevedo.

A cara fechada do rapaz abriu-se num sorriso:

— O senhor é Álvares de Azevedo? O poeta do "Lembrança de morrer"?

Maneco sorriu sem abrir os lábios, um tique que adquirira para que o eterno charuto, apreciado por todos os estudantes, não se lhe escorregasse pelo queixo.

— O próprio — esclareceu Lessa, com orgulho do amigo.

— É uma honra! — exclamou o moço.

Maneco ficou embaraçado. Não estava acostumado a conversas sérias na taverna. Além do mais, sempre corava quando alguém elogiava sua poesia, espalhada entre os estudantes, em cópias manuscritas que corriam à sua revelia. Aquele moço adoraria conhecer a Sociedade Filosófica, a agremiação na qual se discutia literatura e política. Lá, se sentiria feliz como pinto no lixo, como o próprio Maneco em seus tempos de bicho, recém-chegado à Pauliceia.

O bicho estendeu a mão muito branca:

— É uma honra — repetiu. — É um privilégio apertar a mão do autor de *Spleen e charutos*!

O poeta tentou recolher o braço, mas o rapaz não largava sua mão.

— O bicho veio aqui para comprar proteção, Azevedo — explicou Cipriano Penelon. — Amanhã é dia de "vaia".

A tradição da "vaia" era praticamente um ritual pagão da academia. Não se respeitava nada. Os estudantes veteranos recepcionavam os calouros obrigando-os a usar camisolas e um barrete de palhaço na cabeça. Alguns, os mais resistentes dentre os novatos, eram ainda enfeitados com penachos. Assim paramentados, tinham que desfilar por todo o largo do prédio da faculdade, debaixo de uma pateada tão forte que atroava a cidade toda. Daí a necessidade de proteção. Para escapar à "vaia", os calouros serviam os estudantes veteranos como podiam: os abonados, com dinheiro; os menos afortunados, com serviços.

Uma baforada fumarenta emergiu das narinas de Aureliano. O moço ficou nauseado com o cheiro que aquele tabaco emanava. Tragar aquela coisa malcheirosa não era para qualquer um.

— Tens quantos anos, Francisco? — perguntou Maneco.

— Dezoito.

— A mesma idade que eu tinha quando beijei minha primeira leprosa — disse Aureliano Lessa. — Um naco de sua língua ficou preso entre os meus dentes.

—Tiveram que tirá-lo com um boticão — informou Maneco, gravemente. Ao contrário de Aureliano, ele não ria.

Francisco mirou um e outro. Tinha escutado muitas histórias sobre as estrepolias dos estudantes, mas aquilo não podia ser verdade! Francisco não podia acreditar. O campo dos leprosos, como o próprio nome dizia, era um refúgio de doentes. As vítimas do mal amontoavam-se num terreno ermo, e dizia-se que, dado o desespero da moléstia, tudo era permitido. O povo comentava que eles copulavam em campo aberto, dormiam ao relento nos dias de calor e, nas noites frias, amontoavam-se para aquecer o sono inquieto. Muitos estudantes divertiam-se em espiar os doentes, mesmo arriscando-se a contrair a peste.

"Decerto zombam de mim porque sou apenas recém-chegado! Julgam-me um bugre."

Uma gargalhada irrompeu dos fundos. Teresa surgiu em seguida. Carregava uma tina de cebolas em conserva, e tinha os braços descobertos, o que fez o moço desviar os olhos.

— Esta é a deusa dos estudantes, a razão pela qual acordamos de manhã — apresentou-a Bernardo, que vinha no encalço da moça. —Teresa!

Teresa examinou o moço, divertida:

— Mais um bicho nesta cidade de estudantes.

Francisco de Paula Ferreira de Rezende ficou vermelho como um menino pego a espiar debaixo das saias da tia.

A linda taverneira riu mais ainda. Depois ficou séria, e desenrolou as mangas do vestido.

— Já sabem da novidade?

Aureliano soltou uma baforada. Imerso naquela névoa fedorenta, Francisco tossiu engasgado.

— Que vais se casar? — perguntou Maneco.

Teresa debruçou-se sobre o balcão, diante dele:

— Encontraram um corpo no cemitério. Uma mulher.

— Uma escrava? — perguntou Aureliano. — Decerto adormeceu bêbeda e morreu de frio.

— Moça branca. Assassinada.

Maneco, que ia beber mais um gole, interrompeu o gesto no meio.

À porta da taverna, uma voz forte se fez ouvir:

— Polícia de Sua Majestade!

O alarido dos estudantes cessou prontamente.

— O senhor Aureliano José Lessa encontra-se presente?

Aureliano ergueu a mão:

— Sou eu.

O chefe de polícia avançou em sua direção:

— O senhor está preso.

Todos emudeceram. Menos Bernardo:

— Por causa do falso velório? Mas o autor da patuscada foi o Azevedo! Quem se fingiu de morto foi ele. E envolveu a todos nós em sua farsa! Quem deve ir para as galés é ele, chicoteado e pisoteado como um escravo fujão! Somos inocentes, senhor chefe de polícia. Pergunte aqui ao Penelon, que estava presente. E ao Pinto Mendes! O Francisco, este que lhe apresento formalmente, Francisco de Rezende, é um mero bicho, e, como todo bicho, não é informado de nada, é sempre o último a saber de tudo.

Gontijo Feijó não achou graça. Pelo contrário, estava muito sério quando apresentou a Aureliano Lessa uma ordem de Sua Excelência, o juiz da comarca de São Paulo.

— O senhor está preso, acusado da morte de Ana Gil Madeira, conhecida vulgarmente como Cochicha.

Aureliano atrás das grades

Espera um pouco.
A taverna do canto não se fecha.
Está aberta. Compra uma garrafa...
("Boêmios")

A sala do diretor da academia, com suas estantes de pau preto, os livros enfileirados exibindo a poeira de anos, ficava ainda mais vetusta com a figura do próprio, um coimbrão empedernido que ainda usava a batina preta da academia.

Ajeitando as fraldas de sua camisa sob a capa desbotada, o doutor José Maria de Avelar Brotero assoou o nariz, atroando a sala. Maneco evitou olhar para Bernardo. Caso fizesse isso, os dois rebentariam numa gargalhada. E não era caso de rir. Era grave.

— O Lessa preso — resmungou o diretor. — Claro que eu soube. O chefe de polícia, o doutor Gontijo Feijó, fez questão de avisar-me. Um aluno desta casa... uma coisa jamais vista.

— Prisão injusta — observou Maneco.

A mão cabeluda do diretor amassou um pedaço de papel e deu-lhe um peteleco.

— Encontraram com a morta um lenço de homem com as iniciais AL, de Aureliano Lessa.

— Uma simples coincidência — intrometeu-se Bernardo. — AL tanto pode ser de um "Antonio Lima" como de um "Alberto Losna". Ou mesmo de uma "Ângela Louzada".

— Até onde sei — espirrou Brotero —, o lenço era de homem.

Bernardo não desistiu:

— Pode ser uma virago. Semana passada mesmo, no campo dos leprosos, vi uma criatura de quase um metro e noventa de altura! Usava saias, mas eu não saberia dizer se era homem ou mulher...

— Então é dado a frequentar tal lugar, senhor Azevedo? — disse o diretor. — Aquele antro de doença e imundícia?

— Azevedo é o meu amigo, senhor, eu sou o Guimarães.

O pé de Maneco alcançou a canela do amigo, que deixou escapar um grito. Aquele Bernardo falava demais. E o diretor já mal o suportava, por causa de sua língua desbragada. O Brotero em pessoa era alvo frequente de suas investidas. O diretor invertia as sílabas e frases com frequência. Bernardo apelidara isso de "broteradas".

— Senhor Álvares de Guimarães — suspirou o diretor, misturando o nome dos dois estudantes —, pode-se saber por que cargas-d'água o senhor está com a casaca desabotoada? Não tolero esses modos, que vêm de embolada com a sua personalidade escarninha, o seu descaso com os estudos e os seus gracejos de calão.

Bernardo ia responder, quando levou outra canelada. Maneco adiantou-se, falando rapidamente:

— Senhor diretor, viemos aqui em nome de um estudante preso injustamente. Se o senhor, como a personalidade que é, lente e diretor desta academia, manifestar-se a favor dele, pode ser que o soltem.

— A meu ver, as provas são irrefutáveis.

— Que provas? — vociferou Bernardo. — Um lenço?

— Cala a boca, Bernardo! — disse Maneco.

Bernardo calou-se a contragosto. Maneco tinha razão. Eles precisavam do Brotero a favor, e não contra eles.

O diretor puxou o lóbulo da orelha esquerda. Fazia isso constantemente, para manter o sangue ativo no cérebro.

— Azevedo e Guimarães, entendo a preocupação dos dois com o Lessa. Vocês não formam o Triunvirato? Não fundaram, há coisa de dois anos, aquela aberração conhecida como Sociedade Epicureia, ou Casa de Satã, como a chamam os escravos apavorados com as invencionices de vocês? O triângulo está capenga. A terceira ponta quebrou-se, e então? O que fazer? Eu, como lente e diretor desta casa, só posso aconselhar que esperem. Se o Lessa não matou a moça, a verdade não tardará a vir a lume. Se matou, será condenado. Preso já está. Não há o que fazer. Sugiro que aconselhem a família a contratar um defensor.

— Contratar um defensor? — repetiu Maneco. — Esta é uma casa de defensores. É a mansão da Justiça. É justo deixar um dos seus mofando numa cela infecta?

Com um impulso sofrido, o diretor levantou-se. Livre do peso, a cadeira forrada de couro rangeu aliviada.

— Esta entrevista terminou. A academia não é responsável pela conduta de seus alunos e não pode ser responsabilizada pelos seus atos. Manifestar-se a favor de um suspeito é fazer-se canivete, digo, conivente com a suspeição que motivou o ato. Ou melhor, com o ato que motivou a suspeição.

Os dois estudantes levantaram-se. O diretor teve um acesso de tosse e depois, com a voz roufenha, encerrou a questão:

— Até onde sei, o Lessa manteve um relacionamento amoroso com essa moça, a tal Ana Madeira. E o estalajadeiro que hospedou os dois na noite em que ela foi assassinada garantiu que eles pernoitaram em seu estabelecimento. Um lugar sólido, devo observar.

— "Sólido" é o preconceito que esta cidade tem contra nós, estudantes. E "sórdido" é esse gesto covarde da academia — disse Maneco —, a atitude omissa de se eximir da responsabilidade. Há um inocente preso, e um assassino nas ruas.

Maneco saiu furioso. Bernardo ainda se demorou um pouco, descalçando os sapatos para sacudir o pó das solas.

— Não quero levar nada deste lugar. Este ar corrupto conspurca minhas narinas. Este chão está contaminado!

***

Pela minúscula abertura na parede, Aureliano Lessa tentava espiar a rua. A cadeia pública ficava no Campo dos Curros, cujo acesso se dava pela rua da Forca. Que ideia do Gontijo Feijó, colocá-lo a ferros! E por causa da morte de uma moça que ele acabara de conhecer. Que razão teria para matá-la? E por que diabos ela saíra do quarto no meio da noite? Será que todos estavam perdendo o juízo na Pauliceia? E onde estavam seus amigos, que ainda não tinham aparecido? O rancho que lhe serviram torceria o nariz de um porco. Cheirou a boca da moringa. Fez uma careta de repulsa. Até a água da cadeia fedia!

— Abram esta maldita jaula! Tonicão! Tonicão!

O assistente do chefe de polícia apareceu:

— O que quer, senhor Lessa?

— Liberdade! Como eu sei que não está a teu alcance proporcionar-me esta dádiva, providencia água limpa e um repasto decente.

— Essa é a ração dos cativos.

— Essa é a ração da leitoa da mãe do Gontijo Feijó! Tonicão, eu te peço, traz-me boa comida. Não quero morrer de fome. E também preciso de cobertas. Meu peito dói.

Tonicão olhou para os lados e falou bem baixo, a boca grudada no metal da grade:

— Ó, Lessa, se eu acatar os seus pedidos, o chefe de polícia é que me bota a ferros!

— Tonicão, tens a memória fraca, amigo... quem acompanhou as tuas borracheiras tantas vezes nos bailes sifilíticos?

— Fale baixo, senhor! Quer que o escutem?

Os famosos "bailes sifilíticos" eram o terror da boa sociedade. A estudantada frequentadora dos salões também se pelava pelos tais arrasta-pés, aonde iam moças de reputação escusa e gente suspeita. Nenhum pai de família queria ver o filho envolvido num desses. "Antes a morte!", rugiam as mães, aterradas.

— Tonicão, por quem és, se eu tiver apenas essa lavagem para comer, morrerei à míngua!

— Verei o que posso fazer.

— Vai à rua das doceiras, ao largo do Carmo, ao inferno que seja! Traz-me doces e bolos.

— Quem pagará por isso?

— O Azevedo, ou o Bernardo! Antes o Azevedo, que é mais bem-posto na vida!

* * *

Maneco e Bernardo desciam a ladeira da Glória como dois corcéis desembestados. Iam furiosos.

— Maldito rinoceronte — rugia Bernardo.

— Um espécime raro de animal — completava Maneco.

— Comporei dois ou três poemas sobre esse episódio! Esse caso não será esquecido!

— Como dizes, Bernardo, é mais uma broterada. Maldito Brotero, velho turrão, colosso de estupidez, esfinge gorda e ranhenta.

— Aquilo é um poço de indolência!

A noite caía. As famílias já estavam a ajeitar-se nos lençóis. Os lampiões mortiços mal alumiavam a rua. Ao pé de um deles, avistaram o mendigo Marquês disputando uma coxa de galinha com um cachorro. Com um forte repelão, ele conseguiu arrebanhar o quitute.

— É corajoso esse Marquês — observou Bernardo. — Roubar o osso a um cão...

— É antes faminto.

Ao ver Maneco, o mendigo caiu de joelhos e persignou-se sete vezes, rapidamente. A coxa esquecida rolou pelo chão, o cachorro prontamente a abocanhou e correu.

— Vais ficar com fome, Marquês — Bernardo soltou uma gargalhada.

O Marquês fez o pelo-sinal mais rapidamente ainda, os olhos injetados cravados na figura de Maneco:

— Senhor Azevedo, quando vivia, era meu amigo! Quantos charutos teve a bondade de me dar! Em nome dessa amizade, não venha assombrar-me!

Maneco e Bernardo entreolharam-se, sem entender nada. Maneco foi o primeiro a atinar com aquilo:

— Ele me julga morto...

— Porque o desinfeliz saiu antes que ressuscitasses... — esclareceu Bernardo.

— Rezei sobre o seu cadáver, meu senhor! — gemeu o infeliz.

Um pé de vento fez levantar a capa de Maneco. Isso assustou ainda mais o já apavorado mendigo:

— Por quem é, senhor, poupe-me!

— Por quem ele era — corrigiu Bernardo. — Uma vez que está morto, não é mais. Marquês, o espectro de Álvares de Azevedo veio reclamar a tua alma!

O infeliz jogou-se no chão:

— Não!

Bernardo soltou uma gargalhada. A um gesto de Maneco, conteve-se. Dando seguimento à farsa, Maneco empostou a voz teatralmente:

— Marquês, o que tu sabes sobre a moça morta?

— A que foi assassinada no cemitério? Encontraram com ela o lenço de um estudante! Quando o prenderam, tinha ainda as mãos sujas do sangue da inocente! — exagerou o mendigo.

— De inocente ela não tinha nada.

— Não calunie os mortos, senhor Guimarães! — gemeu o Marquês. — Eles voltam para assombrar-nos!

Maneco segurou o mendigo pelos ombros e o pôs de pé:

— Presta atenção, Marquês. Eu preciso de ti.

— É uma ordem do céu?

O pobre Marquês estava aterrado. As pernas fraquejaram-lhe. Bernardo o amparou e sentou-se a seu lado:

— É antes uma ordem do inferno. Achas mesmo que um devasso como o Azevedo haveria de ir para o céu?

— Ele me dava charutos!

— Antes o inferno — disse Maneco. — O céu é muito aborrecido.

— Senhor, não me torture! — implorou o Marquês, erguendo os braços. O punho desbeiçado da camisa rolou até o cotovelo craquento.

— Farás o que eu mandar — sussurrou Maneco.

— Para que me deixe em paz? O que ordenar!

— Quero que assuntes sobre a morte da moça. Nas tavernas, nas estalagens, nas tascas e nas esquinas. Não deixes nem um só lupanar sem notícia. Se não me trouxeres novidades, Marquês, eu cravarei um osso da minha tíbia no teu peito!

— Não!

— Chuparei o teu coração como quem chupa uma manga madura!

O infeliz mendigo fechou o olho injetado:

— Por quem é, senhor! Poupe-me!

Maneco bateu com o tacão da bota na terra. O barulho fez o Marquês erguer-se lépido como um boneco de mola.

— Raspa daqui!

Num segundo, ele já virava a esquina.

— Nesse passo ele alcança o cachorro — engasgou Bernardo, de tanto que ria. E gritou, ainda com a voz embargada:

— Deixa o cão em paz, Marquês! — gritou o pândego ao mendigo que corria. — Ele só tomou o que era dele por direito!

— E agora... — ia dizendo Maneco, mas foi interrompido pelo amigo:

— Jantar? Meu estômago está roncando.

— Não, animal. Visitar o Lessa! Ele deve estar furioso com a nossa ausência.

Um pássaro na gaiola

Além serpeia o dorso pardacento
Da longa serrania...
("Crepúsculo nas montanhas")

De fato, Aureliano Lessa estava indignado:

— Demoram o dia todo e ainda vêm de mãos vazias? Nem um livro, nem uma vela decente para iluminar este antro? Estou impedido até mesmo de ver o horizonte! Celerados! Bandidos!

Maneco procurou um lugar limpo para sentar-se. Além do catre encardido, havia apenas o chão de terra, marcado aqui e ali por pequenas reentrâncias.

—Tocas de camundongo — informou Aureliano. — São minha única distração. Estou feito o Conde de Monte Cristo. Só que não me deram um pedaço de carvão para marcar os dias.

Bernardo se acomodou no chão:

— Decerto porque estás aqui há apenas uma noite.

— Pensas que é fácil ficar enclausurado como uma freira? Uma noite nesta pocilga é como se fosse um ano!

Maneco viu o prato vazio a um canto.

— Estás se alimentando direito? Isso é bom.

— O rancho da cadeia é capaz de fazer um cão vomitar. Obriguei o Tonicão a me trazer doces e tortas. Tive que chantageá-lo.

— Quem mais veio te ver? — quis saber Maneco.

— Ninguém. Nem o Gavião, nem o Pinto Mendes, nem o Cipriano Penelon. Aliás, o Penelon me deve dinheiro. Se conseguirem cobrá-lo, eu agradeço.

— Logo sairás daqui — disse Maneco. — E poderás cobrá-lo pessoalmente.

— Duvido.

— Por quê?

— O lenço era meu, Maneco.

Um vaga-lume riscou a cela escura e pousou na grade, fazendo vibrar as asas.

— Má notícia.

Bernardo apanhou o vaga-lume e colocou-o na palma da mão.

— Foste tu, Lessa?

— Claro que não! Que ideia! Isso é um insulto! Vai ofender a senhora tua mãe!

— Segundo o estalajadeiro, a moça passou a noite contigo, em seguida apareceu morta. Borracho feito um frade, não te lembras de patavina... A conclusão do Gontijo Feijó me parece lógica.

— O Gontijo Feijó é uma besta, Bernardo — falou Maneco.

— E o meu pai, já foi avisado?

— Não.

— Ótimo. Deixem o velho lá em Diamantina, com sua venda e os rolos de fumo. Tenho fé que estarei livre em breve.

— Como sabes?

— Cala a boca, Bernardo. Não sejas pessimista. O Lessa tem razão. O matador atacará novamente.

— Por que achas isso?

— Porque é um maníaco. Pela descrição publicada n' O *Piratininga*, ele matou a moça de uma forma ritual, colocou-a de bruços sobre uma lápide. Tem todo o jeito de um cerimonial.

Bernardo se remexeu no chão:

— Achas que foi coisa da maçonaria?

— Não. Nem de estudantes.

— Muitas vezes ensaiamos cenas parecidas — observou Aureliano. — Mas o sangue era de galinha, e a "vítima" estava viva.

— Nossa fama colocou toda a cidade contra nós. A sociedade está aterrada — disse Maneco. — Não há um só futrica que não tenha certeza de que foste tu quem degolou a moça.

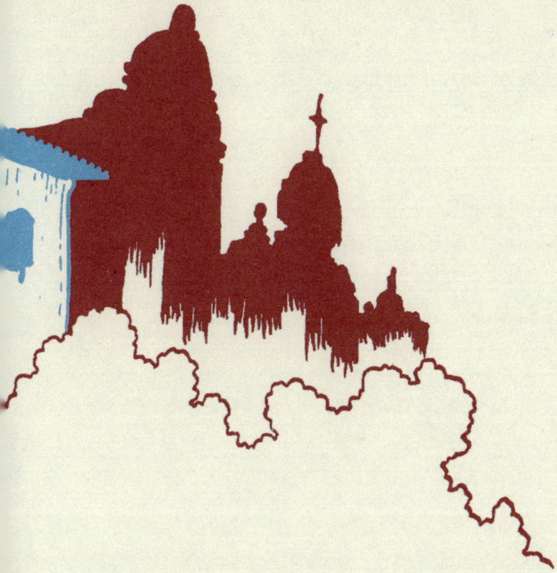

"Futrica" era o modo como os estudantes chamavam os outros habitantes da cidade. À boca pequena, murmurava-se que as estudantadas "tinham que dar nisso!". As muitas vítimas das estrepolias dos estudantes, ao mesmo tempo em que ficavam estarrecidas com a notícia da prisão de um deles, regozijavam-se com a informação. A cidade, sempre aterrada de medo da mocidade acadêmica, achava um jeito de se vingar.

— Sou culpado apenas de ter-lhe beijado o pescoço. E beijos não rasgam a pele.

Bernardo cobriu-se com a capa preta dos acadêmicos.

— O que faremos, Azevedo?

— Eu preciso ver o corpo.

— O Gontijo Feijó não permitirá jamais. Ainda mais com o Grandet no rastro dele. O gorducho quer mostrar serviço ao francês. Ele sabe que o cônsul tem acesso ao paço imperial.

— O Bernardo tem razão — disse Aureliano. — E eu estou com medo. Se o verdadeiro assassino não for apanhado, vou embolorar nesta cadeia nojenta.

À saída deles, Tonicão abriu a porta de madeira carcomida. Antes de sair, Maneco pensou que as paredes tortas da cadeia pública não suportariam um pontapé. Não seria difícil tirar Lessa dali, mas tal atitude transformaria o amigo num foragido. Estava fora de questão.

— Não apareçam mais por aqui! — implorou o carcereiro. — Se o senhor chefe de polícia sabe que eu os deixei entrar sem o conhecimento dele, estarei em maus lençóis.

— O que fazer? — quis saber Bernardo, mal cruzaram a soleira da porta.

— Precisamos ver o corpo da moça.

— E se já a enterraram?

— Desenterramo-la.

Bernardo deu de ombros. Maneco era sensato como sempre. Não seria a primeira vez que fariam isso.

Um investigador infatigável

Ora, valha-nos Deus! Que terra esta onde a polícia é feita por Gomides!
(Álvares de Azevedo, carta à mãe)

Sentindo-se um pigmeu diante da imensa biblioteca do cônsul, o chefe de polícia Gontijo Feijó cruzou as pernas. Queria afetar tranquilidade, mas suava em bicas. Alphonse Grandet mirou com desprezo aquele homem gorducho, de orelhas afogueadas e faces nédias. "Cada povo tem a autoridade que merece", pensou.

— Bela coleção de armas, senhor cônsul — disse Feijó, à falta do que falar.

— Lembranças de tantos anos servindo o povo francês no exterior, senhor chefe de polícia.

— Soberba coleção!

O cônsul ofereceu um licor ao visitante, que o bebeu de uma talagada.

— Esplêndido licor! — disse estalando os lábios.

— Mas diga-me, senhor Feijó. Tem mais provas do assassino?

— Estamos trabalhando a fundo nisso, senhor. Vossa Excelência há de ser informado.

— O senhor sabe que eu estou à espera de um eminente pintor, um renomado retratista que vem fazer o retrato de minha filha, não é?

— Sim, senhor!

— Esse pintor priva da amizade do próprio imperador. Não podemos receber tal cavalheiro numa cidade maculada por assassinatos. O que ele há de dizer ao imperador? Que São Paulo é uma terra de celerados?

— Nunca, senhor cônsul! Isso jamais!

— Precisamos levar esse tal de Aureliano Lessa a julgamento, senhor Feijó. Para o bem da cidade.

O chefe de polícia ergueu a minúscula taça.

— Para o bem da cidade, e para a segurança do nosso povo! Eu hei de encontrar provas irrefutáveis da culpa desse moço! Sabe que é um devasso o tal Lessa? Traz no rosto as marcas do excesso a que se entregam esses estudantes. Não assiste às aulas, é um frequentador de lupanares...

— Triste coisa, senhor Feijó... triste coisa...

— Mas agora que está a ferros, ele haverá de aprender a lição!

— Ainda há mais... Para que sua culpa seja irrefutável, precisamos eliminar quaisquer outros suspeitos.

— Pode ser mais claro, senhor cônsul?

Grandet pegou um livro e sentou-se ao lado do chefe de polícia, que, polidamente, afastou o corpanzil para o lado.

— Judeus. Há judeus em São Paulo — ajuntou em voz baixa o francês, como se revelasse um segredo atroz. — Sabe que eles podem até tramar um golpe? Sim, um golpe de Estado, para depor o imperador. Como o senhor sabe, eles são um povo sem pátria. Talvez isso seja coisa deles. Na Europa, sabe-se de hebreus que raptam moças virgens e crianças cristãs para roubar-lhes o sangue, que depois usam em suas cerimônias religiosas...

— Não me diga!

— E digo mais: nenhum suspeito deve deixar de ser investigado. Num caso como esse, ninguém é inocente. Todos são culpados.

O digno chefe de polícia assentiu gravemente, admirado do francês. Que inteligência tinha aquele homem! Um colosso!

* * *

Na casa do alferes Bugalho Xavier, era dia de novena. As Xavier ofereciam bolos e vinho do Porto em bandejas de estanho bem polidas. Assim, os convidados acreditariam que eram de prata.

Era uma das rezas que o alferes oferecia sempre que havia motivo. A razão da vez era a moça morta. Piedoso, ele convocou os fiéis da cidade para encomendar sua alma.

— Não tem ninguém para rezar por ela, a infeliz!

A fim de ver as moças e comer bolos, os estudantes acorriam aos montes às famigeradas novenas do alferes. Naquele dia em especial, a "vaia" da tarde fora trabalhosa. Estavam sedentos e com fome.

— Alguns bichos abespinharam-se e foi preciso sová-los a valer — riu Cipriano Penelon, ajeitando a cabeleira besuntada com óleo.

A Xavier caçula persignou-se. Os verdadeiros fiéis, ao ver os estudantes ali em peso, debandaram. Temiam troça. Por isso, além do dono da casa e das filhas, havia apenas acadêmicos presentes. Nem uma só pessoa da boa sociedade. E não era só isso: depois do horroroso crime, a gente honesta tinha medo de sair. A cidade à noite tinha iluminação apenas nas ruas principais, e a luz baça dos lampiões era ainda mais assustadora que o breu completo. Quando a claridade morria, a vila parecia povoada por fantasmas.

Antes da ladainha, o assunto, como não poderia deixar de ser, era a morte da moça. Quem seria o culpado? Os estudantes, apesar da oportunidade do rega-bofe, estavam melancólicos. Nada faria aquela noite mais alegre, já que o mais afinado dos violeiros, Aureliano Lessa, era o principal suspeito do assassinato.

Nenhum lundu, nenhuma modinha seria dedilhada por mãos hábeis até que aquela barbaria fosse esclarecida.

— Faremos uma visita-monstro à cadeia pública amanhã — dizia Cipriano Penelon, eloquente como nunca. — E colocaremos abaixo aquelas paredes de taipa!

— Libertaremos Aureliano Lessa nem que tenhamos que atear fogo ao prédio! — vociferava outro estudante, um terceiranista magricela.

A atitude belicosa dos estudantes incomodava tremendamente o proprietário da casa, e não só pelo desrespeito à novena. O alferes Bugalho Xavier era um homem gordo e sossegado, que, por conta do seu temperamento bovino, fazia de tudo para não se meter em enrascadas, coisa na qual aqueles estudantes eram mestres. Apesar disso, tinha que suportá-los se quisesse casar as duas filhas, pois os melhores partidos estavam entre eles. A sua mais velha já contava 19 anos, e ele não dispunha de posses para um dote vultoso. Tudo o que tinha de seu era um par de escravos que alugava para a lavoura, a casa, um terço de ouro e uns poucos vestidos que a finada mulher legara às filhas.

— Senhores, por favor, esse tipo de atitude incita a violência! Já não basta a hediondez desse crime?

— Papai está certo — disse a caçula Luzia, por quem os estudantes se babavam, e calou-se. Falava pouco. As más línguas diziam que era porque não tinha nada a dizer.

Um dos estudantes, mais estouvado, apressou-se a oferecer-lhe uma cadeira. O alferes fechou a cara. Que Deus o livrasse de ver a mais nova casada antes da irmã! Correu a dar a mão à filha, que fingiu não perceber, aceitando de bom grado a oferta do moço.

— Senhor alferes, o senhor, que é tão bem informado, sabe nos dizer a quantas anda a investigação? — perguntou Cipriano Penelon, querendo adiar a reza o mais que podia.

O alferes pigarreou. Sabia tanto quanto qualquer um ali naquela sala.

— A moça será sepultada no Cemitério dos Aflitos.

— Mas a defunta já foi enterrada! — disse alguém. Era um segundanista espinhento, que enchia os bolsos da casaca de bolos.

— Foi o que eu disse — ajuntou o alferes, sem dar o braço a torcer. — No Cemitério dos Aflitos.

Luzia Xavier torceu as mãos, aflita. Pobre criatura! Não aparecera ninguém para reclamar seu cadáver, que, àquela hora, estava debaixo da terra fria... Que lástima!

Os violadores de tumbas

Escura a noite vai. Dois negros vultos
Por sobre a areia que no escuro alveja...
("Um túmulo aberto" — "O Conde Lopo")

As campas brancas dos túmulos enfileiravam-se desalinhadas. A luz da lua, encoberta pela névoa garoenta, oferecia pouca iluminação. Ainda bem que haviam trazido uma lamparina! Maneco largou a pá e saltou para dentro da cova. Com um gemido, Bernardo o ajudou a erguer o caixão. Em seguida, depuseram-no cuidadosamente na terra batida.

O calouro Francisco de Rezende desviou os olhos. Acompanhar aqueles dois profanadores de túmulos fora o preço que pagara pela proteção. Graças a eles, que eram muito respeitados pelos pares, não tivera que sofrer a humilhação da "vaia".

A tampa do caixão se rompeu com um estalido. Bernardo limpou as mãos sujas de terra. Mesmo evitando olhar, Francisco não pôde deixar de ver os cabelos anelados que despontavam pelas frestas da madeira do caixão barato.

— Nem se deram ao trabalho de pregar as tábuas do esquife! — disse Bernardo.

O corpo estava coberto com uma mortalha cinzenta. A terra penetrava pelas dobras do tecido grosseiro. Quando Maneco ergueu o corpo, a mortalha escorregou, descobrindo o rosto lívido. Os olhos estavam cobertos de terra.

— Graças a Deus ainda não começou a feder — disse Bernardo.

Maneco estendeu o braço.

— Ajuda-me! Precisamos apenas soerguê-la. Não precisa tirá-la do caixão.

Bernardo obedeceu prontamente, abraçando o corpo pela cintura e apoiando-o na borda do esquife.

— Ela não devia estar dura feito pedra?

— O *rigor mortis* se desfaz em algumas horas. A decomposição do corpo já começou. Saberias disso se assistisses às aulas de medicina legal.

— Pobre infeliz. Nem uma cruz colocaram entre os seus dedos! E consideram-se cristãos!

— Ilumina aqui!

Bernardo ergueu a lamparina acima de sua cabeça. A luz mortiça revelou os ferimentos que causaram a morte da moça.

— Olha isto — disse Maneco, indicando o pescoço frágil da morta. — É possível ver as marcas da mão do assassino em volta do ferimento da navalha.

Francisco não pôde mais: vomitou.

— Quer dizer que ele primeiro a estrangulou e depois a degolou? — perguntou Bernardo.

— Não posso dizer com certeza. Não mexe essa luz, Bernardo! Conserva-a no alto! Assim! Olha aqui: uma mancha de alguma coisa escura...

— Deve ser sangue!

— Não... é esverdeada...

— Humores do cadáver, talvez!

Francisco, que começava a se recompor, vomitou novamente.

— Não, é estranho... Segura direito essa lamparina, Bernardo!

— Como posso segurar a tampa do caixão e alumiar corretamente? Tenho apenas dois braços! E esse bicho inútil só faz vomitar!

— Deixa o rapaz... Joga a tampa no chão. Olha... é... tinta!

— Não pode ser — disse Bernardo, apertando os olhos para ver no escuro. — Se lavaram o cadáver!

— Sim, e limparam todo o sangue. Mas tinta sai apenas com terebintina! Daí essas pequenas manchas... Olha só. E há outras, de cores diferentes! Vê as mãos dela.

Bernardo olhou. De fato, sob as unhas roídas, havia restos de algo que parecia mesmo tinta. Mas também podia ser sujeira, segundo observou Bernardo.

— Sujeira não tem cores tão vivas. Vamos colocá-la de novo na cova — disse Maneco. — Eu já vi o bastante!

— Ó bicho — chamou Bernardo. — Me ajuda aqui! O que é a natureza! Tão esbelta essa moça foi em vida, e como pesa na morte! Decerto é o que chamam de peso morto!

Francisco, pela primeira vez desde o momento em que desenterraram a moça, virou-se para eles, alarmado:

— Vem vindo gente!

Os três abalaram. Num instante atravessaram o portão do cemitério. Quando o coveiro chegou, encontrou o cadáver insepulto.

— Mais uma estudantada — resmungou o homem.

Viu o pequeno lampião esquecido junto ao caixão desenterrado, e tratou de apanhá-lo. Seria útil para iluminar noites escuras como aquela.

Feijó investiga

Há nesse ardente olhar que gela e vibra,
Na voz que faz tremer e que apaixona
O gênio de Satã que transverbera,
E o langor pensativo da Madona!
("Lélia")

Na casa dos Zacuta, a mãe, Rute, polia a menorá de latão. O óleo de oliva que mantinha o lume havia manchado indelevelmente a peça, que mesmo assim reluzia como ouro.

O pai, Efraim, escutava com atenção o delegado Gontijo Feijó, que fazia anotações numa caderneta encapada com couro de vaca.

— Profissão: vendeiro. Religião: judaica.

— Todos sabem disso, senhor chefe de polícia — disse Efraim. — Todos aqui me conhecem.

— Estou aqui por um motivo específico.

— A morte da moça, decerto.

— Como sabe disso, senhor Zacuta?

— A cidade inteira sabe.

A filha, Judite, afastou uma mecha do cabelo vermelho. Tonicão achou que, à luz da vela, sua cabeça parecia em chamas. Como era linda aquela israelita! E que olhos! Pareciam dois vaga-lumes acesos! Os estudantes tinham razão em admirá-la.

— Onde estava na noite de 17 do corrente?

— Em casa, senhor.

— Quem pode atestar isso?

— Minha mulher e minha filha.

— Alguém que não seja da família?

— A essa hora da noite, fecho a porta para estranhos. Embaixo do meu teto, só a minha gente.

— Nenhum hóspede, nenhuma visita?

— Não, senhor.

Gontijo Feijó olhou ao redor. A mobília da casa era mesquinha, despida de adornos. Judeus... eméritos avarentos. O povo da moeda, como eram conhecidos; muitos viviam da usura!

O cônsul Grandet, mesmo com tantos afazeres, perdera cerca de meia hora com ele. Os dois debateram política a sério, e agora ele sabia muita coisa a respeito dos hebreus. Sabia também que a situação de Efraim era confortável, mas não havia uma só almofada para receber as visitas. Não obstante seu cargo, tinham dado a ele uma cadeira de pau, fria como uma lápide. Podia estar em casa, bebendo seu leite açucarado, mas o trabalho não deixava. Precisava prestar contas à sociedade. É certo que tinha um suspeito encarcerado, mas era um estudante! Ele bem que gostaria que não fosse. Estudantes eram eméritos criadores de caso! Ouvira dizer que, no dia seguinte, haveria manifestação na porta da cadeia.

— É sabido que muitos de vocês, judeus, preparam o pão ázimo com sangue humano para a Páscoa judaica.

Rute deixou escapar um grito. Judite segurou sua mão.

— Sangue humano para o *Pessach*? — horrorizou-se o velho. — Se nossa religião não permite o consumo de sangue animal!

— Não digo todos vocês, mas os que fazem parte de determinadas seitas.

— Temos leis dietéticas muito severas, senhor chefe de polícia. Nem mesmo podemos comer todo tipo de animais!

— Não falo de animais. Falo de gente.

— Muito menos. Derramar sangue... — horrorizou-se o dono da casa. — Não posso nem sequer conceber semelhante pecado.

— Posso saber por que então a Santa Madre Igreja perseguiu os seus durante tantos anos, nos tribunais do Santo Ofício?

— Não sei tampouco.

— Assim o senhor não me ajuda! Eu estou tentando levar a cabo uma investigação, e o senhor se nega a me dar informações!

— Estou à sua disposição, senhor chefe de polícia, mas nesse caso não posso ajudá-lo. O senhor suspeita de mim, e de minha família, tão somente por causa da minha religião?!

— Todos são suspeitos até prova em contrário. Um assassinato foi cometido em nossa pacata cidade, sob a minha jurisdição, e eu não sossegarei enquanto não pegar o culpado!

Judite se levantou. A cabeleira ruiva lhe dava um ar impávido. O olhar fuzilava.

— Senhor chefe de polícia, o senhor procura no lugar errado. A essa altura, o assassino, se não for o estudante encarcerado, está à solta, enquanto o senhor incomoda uma família de bem!

Com os beiços tremendo de indignação, o chefe de polícia se levantou.

— Com que então as mulheres da sua nação falam pelos homens, senhor Zacuta?

Tonicão, sem tirar os olhos da moça, abriu rapidamente a porta. Quando Feijó atravessou a soleira, ele se atreveu a tentar sorrir para a moça, à guisa de desculpas, mas foi inútil. Seus lábios só conseguiram se franzir numa careta.

Rute pegou uma vassoura e correu a varrer o chão. Não queria a imundície daqueles homens em sua casa.

Judite passou o ferrolho na porta e colocou as mãos na cintura.

O velho Zacuta admirou o perfil enfurecido da filha, os esplêndidos olhos azuis que ela herdara da mãe, o dedo erguido de indignação. Longe dele cometer uma heresia, mas a amada filha lembrava a ele um Isaac de saias. Como o herói das escrituras, também ela havia sido uma dádiva da velhice dos pais. Quando Judite nascera, a parteira ficara surpresa: tinha saúde a criança! Mesmo sendo filha de uma velha... Por causa da coragem da recém-nascida, ele a batizara com aquele nome.

— Como pode um homem ser tão parvo, meu pai? Quanta estupidez!

— Ignorância, minha filha. Vem, vamos dormir. Já é tarde e a venda abre cedo. — E emendou, num sorriso cansado:

— Amanhã, na primeira hora, vou mandar o moleque à casa do senhor chefe de polícia. A mulher dele me deve cinco quilos de toucinho. Por conta dessa visita afrontosa, ele terá que pagar cada tostão que nos deve.

Um retrato de mulher

Ó musa, por que vieste?
E contigo me trouxeste
A vagar na solidão!
(*"Tarde de outono"*)

O cônsul Grandet e sua esposa abriram as portas de casa para o pintor Herculano Taveira, recém-chegado da corte. Taveira era um tipo soturno, que piscava muito os olhos ao falar.

Laurita estranhou a tez amarela do visitante. Era desagradável de se olhar. "Decerto foi picado por um desses mosquitos transmissores de febres, que meu pai abomina..." O pintor, ao contrário, parecia fascinado com a moça.

— Laurita, agora que já conheceste o senhor Taveira, podes te retirar — pigarreou o cônsul, a quem não escapara o olhar ávido do pintor.

Laurita pediu licença e saiu.

— A tela será pintada em casa, longe da natureza desta terra — disse o cônsul. — Não quero nada dessa paisagem exuberante, mas horrenda. Não há harmonia na natureza desta terra.

— Senhor cônsul, devo dizer que trabalho melhor com luz natural — observou o pintor, mordiscando a ponta do charuto.

— Abra as janelas.

— Se o senhor assim prefere...

— Prefiro. Gosto de ar puro. O ar desta terra é empesteado. As janelas vivem cerradas! O brasileiro acha que qualquer brisa pode causar uma inflamação dos pulmões! Não é à toa que vivem constipados. Principalmente as mulheres — essas matronas barrigudas, sempre de roupão e chinelas! São hediondas! Não acha, senhor Taveira?

— Se o senhor está dizendo...

— Não confio nos brasileiros. A mestiçagem acabou com essa raça.

— A mestiçagem?

— Quando aportei aqui, mal podia acreditar em tantos matizes de pele. Achei que era o maldito sol que me ofuscava, mas não, eu não estava vendo coisas! Todos são mestiços, mulatos. Na miscigenação, as raças perdem suas qualidades. Sobram apenas os defeitos.

— As negras dão ótimas modelos. Principalmente as das Minas Gerais. Pena que os proprietários não queiram pagar por seus retratos.

— O que esperava, senhor Taveira? Já é muito caro alimentar um escravo. E o preço então? Um escravo não vale o que come, mas cobra-se por ele o seu peso em ouro! Os que eu tenho são alugados. Se adoecem, os devolvo. O único senão é que não posso castigá-los como merecem. Outro dia mesmo recebi a visita de um negreiro que teve a ousadia de dizer que eu danificara sua mercadoria. Ameacei-o com a polícia, e ele saiu com o rabo entre as pernas. Esse povo é assim: não podem ouvir um grito, que saem em debandada. Raça mestiça. A propósito, o senhor é cristão-novo?

— Não que eu saiba.

— Judeus — disse o cônsul, num esgar de desprezo. — Também há israelitas aqui.

O pintor se levantou, examinando a coleção de armas e os tapetes persas. O cônsul esperou que ele comentasse a beleza das peças, mas isso não aconteceu. Pelo contrário: o visitante espreguiçou-se, desinteressado.

— O preço é o combinado — disse o pintor. — Agora gostaria de descansar. A subida da serra é penosa. Ainda mais depois da viagem de barco. Devo dizer que fiquei deveras enjoado. Quando poderei começar?

— Na hora certa. Por agora, o negro vai levá-lo à estalagem. Claro que será às minhas expensas. Mas o valor, logicamente, será debitado do total do retrato.

Maneco na trilha do assassino

Macário:
— Satã! Satã! Que ai era aquele?
Satã:
— Queres muito sabê-lo?
Macário:
— Sim! Pelo inferno ou pelo céu!
("Macário")

O chefe de polícia tinha diante de si os estudantes Álvares de Azevedo e Bernardo Guimarães.

— Os senhores não deviam estar na aula?

Maneco entrecerrou os olhos. A luz do sol penetrava pela janela sem cortinas, e ele tinha dormido pouco.

— Hoje é mais um dia de "vaia". A caçoada vai se estender até a noite.

Feijó reprimiu uma careta. Não raro aquelas estudantadas descambavam em pancadaria.

— Então a que devo a honra de tão ilustres visitas?

— Queremos saber detalhes do caso, senhor chefe de polícia, uma vez que um dos nossos encontra-se encarcerado.

— "Um dos nossos", senhor Azevedo? Os senhores arrogam-se o direito de enfrentar a autoridade policial mediante um sentimento difuso de classe, de compadrio. Ou se é estudante, ou se é... "futrica", não é mesmo?

Bernardo fez menção de falar algo, mas Maneco o interrompeu com um gesto.

— Estamos aqui porque um inocente foi preso.

— Um "inocente" que não tem álibi.

— O senhor está sendo tendencioso.

— Tendencioso? Saiba, senhor Azevedo, seu atrevido, que eu, mesmo tendo provas irrefutáveis da culpa do senhor Aureliano Lessa, estive ontem até tarde da noite em diligência, para afastar qualquer possibilidade de erro nessa investigação! Em meio a uma garoa infernal!

E acrescentou à meia-voz:

— Tenho outro suspeito.

— Quem?

— Não posso falar. Segredo de justiça.

— Temos o direito de saber. Senhor Gontijo Feijó, nosso amigo está preso! Acusado de um crime nefando!

Feijó levantou-se e fechou a porta.

— Juram que não falam nada?

— Juramos — respondeu Bernardo pelos dois.

— Um membro da comunidade judaica — ajuntou orgulhoso.

— Um membro da comunidade judaica — repetiu Maneco, perplexo. — Quem é?

— Mais não posso dizer.

— A maioria dos judeus de São Paulo vive do comércio — disse Bernardo. — Eles são suspeitos de quê? De roubar no peso da farinha?

— Não, engraçadinho. Ele é suspeito de ter matado uma moça cristã, a fim de roubar seu sangue.

Maneco e Bernardo trocaram um olhar incrédulo. Feijó debruçou-se sobre a mesa, com ar definitivo.

— A moça foi sangrada como uma galinha! Esvaiu-se pelo corte no pescoço! Os senhores não leram a Torá?

— Como eu poderia não ter lido a Bíblia? — provocou Bernardo. — Sei de cor os salmos.

— Do que é que está falando agora, senhor Guimarães?

— A Torá é composta pelo Pentateuco. Os cinco primeiros livros da Bíblia.

Soltando um suspiro desolado, Feijó ergueu as mãos para o alto.

— Admiro-me muito que dois moços letrados, expoentes da nossa intelectualidade, não conheçam o livro sagrado dos judeus! E pior: que, na sua ignorância, queiram compará-lo ao nosso Livro Sagrado! É blasfêmia comparar a nossa Bíblia à Torá hebreia!

— O que tem a Torá? — quis saber Maneco, cansado da discussão.

— A Torá ordena, entre outras barbaridades, que se prepare o pão ázimo da Páscoa judaica com o sangue de um inocente! E o Talmude diz a mesma coisa! Mas vocês decerto não sabem o que é o Talmude. É outro livro sacrílego dos israelitas.

Maneco cobriu o rosto com as mãos. Por entre os dedos, viu o pesado crucifixo que adornava a mesa.

— São profanos — gesticulava Feijó. — São apóstatas! Crucificaram Nosso Senhor!

— Olha que eu me queixo junto ao imperador — provocou Bernardo. — Não sabe que ele é grande amigo dos israelitas?

— O imperador?!

— Dom Pedro II é um hebraísta — continuou o moço. — Ele pode destituí-lo do cargo, se souber que o senhor anda perseguindo judeus.

Com um gesto, Maneco pediu a Bernardo que deixasse de troça. Em seguida, tentando ele próprio manter a calma, dirigiu-se ao chefe de polícia:

— O senhor está sendo incauto. Acusa sem provas... age como se fosse a encarnação da Justiça. Sua autoridade tem um limite.

— A Justiça não tem limites! E ponham-se daqui para fora, os dois!

* * *

Teresa ergueu a tampa da moringa e serviu água a Maneco. A caminhada até a taverna sempre o deixava suarento. Não era fácil manter a elegância naquelas ruas poentas.

— Inacreditável. Desconfiar das pessoas assim, sem mais nem menos, só porque são de outra religião...

— Isso são ideias do Grandet, que o nosso digno chefe de polícia repete feito papagaio. O Feijó não é mau, mas é burro feito uma porta — falou Maneco. — Não tem pista nenhuma, e atira para todos os lados. E o pior é que, por conta do cargo que ocupa, é como um cego atirando a esmo.

— Será que ele colocará outro infeliz a ferros também? Como fez ao Lessa?

— Duvido. Não tem provas para prender ninguém. Do Lessa ele tem o maldito lenço.

Teresa encarou o moço.

— O que descobriste, Maneco? Esse ar misterioso não me engana.

Maneco, por mais confiança que tivesse em Teresa, não podia falar a verdade, que ele e Bernardo haviam profanado uma cova.

— Até agora, nada.

— Sabes que o Marquês esteve aqui? Jurou de pés juntos que tu o estás assombrando! Desde que armaram a farsa do velório, ele está convencido de que estás morto e que voltaste do inferno para levá-lo contigo!

— Na qualidade de fantasma, ordenei a ele que assuntasse em todos os cantos sobre a moça morta.

— Não há muito o que descobrir. Moça simples, filha de alguma enjeitada como ela. Foi para as ruas muito cedo, morreu antes da hora.

— Não pode ser só isso, Teresa. Ela apareceu do nada? Tinha que se relacionar com alguém.

— Então tens uma freguesia inteira para entrevistar.

— Falo de familiares. Alguém ligado a ela por um laço mais sólido.

— Era uma coitada, Maneco! Não tinha ninguém.

Ela serviu mais água a ele. As olheiras do estudante encheram-na de pena.

— Desde quando não te alimentas?

— Sei lá.

— Vou preparar-te um bom prato de comida quente. Que tal?

Ele deu de ombros.

— Essa moça era filha de alguém, Teresa. Tinha sonhos, esperanças, e um corte no pescoço privou-a de tudo. Junto com o sangue, a terra engoliu seu futuro. E o meu amigo Lessa está a ferros, acusado de ter feito tudo isso. Só me resta uma coisa.

— O quê?

— Apanhar o verdadeiro assassino.

***

Marquês terminou de mastigar o último grão de milho e jogou a espiga para os porcos.

Bernardo, diante dele, não podia acreditar que a estratégia de Maneco funcionara. Colocar o mendigo para assuntar nos recônditos dera resultado. Aquele Maneco era mesmo manhoso!

— O senhor não teria aí um pouco de tabaco?

— Tenho coisa melhor, Marquês! Tu fizeste por merecer!

Bernardo atirou-lhe um charuto, que o mendigo apanhou no ar.

— Posso pedir apenas uma coisa mais, senhor Guimarães?

— O que quiseres, amigo.

— O senhor pedirá ao defunto para parar de me assombrar?

Uma mãe impiedosa

Não me odeies, mulher, se no passado
Nódoa sombria desbotou-me a vida.
("Noite na taverna")

Maneco e Bernardo estavam diante de um casebre de sapé. A proprietária, enfiada numa saia estampada muito rota, perguntou se eles tinham um toco de vela. Maneco tirou da algibeira dois tostões e deu à velha.

— Deus lhe pague, moço!

— A senhora então tem uma filha?

— Tinha. Não botei no mundo uma rameira. E agora ela está morta. Morta de verdade, enterrada, aquela que para mim já estava no inferno. Chamava-se Ana, como a mãe do meu marido, que o diabo o tenha bem seguro pelos cornos. Quando era vivo, não fazia nada senão bater-me com o chicote, como seu eu fosse uma escrava.

A velha cuspiu no chão e continuou:

— O senhor chefe de polícia me disse que foi assassinada. Por causa dos pecados dela.

— A senhora não foi ao enterro?

— As pernas me doem. As veias estouraram há muito tempo — explicou, arrepanhando a barra do vestido e expondo uma miríade de veias de todos os calibres, algumas da grossura de um dedo.

— Fale-me de sua filha — pediu Bernardo. — Tinha ela algum inimigo? Andava metida com sortilégios, coisas do tipo?

— Não sabia dela havia uns dois anos, senhor. Saiu de casa, e, quando reapareceu, estava morta.

— Uma pena. Um amigo está preso, acusado de tê-la assassinado.

A velha soltou uma risada:

— Um doutor, como vocês? Por que um moço de boa família haveria de meter-se com uma perdida?

Aquele palavreado incomodava profundamente os dois moços. Referir-se à filha morta daquela maneira... Aquela velha não tinha coração!

— A Ana, antes de cair no mundo, era muito útil. Buscava água no riacho, quarava a roupa branca, depenava as galinhas... quando eu ainda as tinha. E era bonita, a rapariga. Querem ver um retrato dela?.

Os dois se entreolharam.

— Retrato? — disseram a um só tempo.

O interior do casebre era ainda mais miserável que a fachada. A velha afastou com o pé a esteira de palha onde dormia e apanhou um canudo de couro.

— Eu não queria dizer, mas a vocês não tenho por que esconder. Um homem esteve aqui, decerto a mando dela, e deixou-me isto. Não pude ver seu rosto porque estava escuro demais. Disse que eu podia vender por um bom dinheiro.

Era uma pintura a óleo. Retratava uma mulher morta ao pé de uma cruz, abraçando-a. Estava de bruços, o rosto não era visível, mas a tela parecia emoldurar a cena do crime.

Os dois amigos sentiram uma vertigem.

— Os moços não quereriam comprar?

Uma outra pintura

Quero a delícia que o amor sonhava...
("Virgem morta")

Já de volta à rua da Glória, na república da Chácara dos Ingleses, Maneco e Bernardo não cabiam em si. Tinham diante deles um retrato escarrado da cena do crime! O artista fora indubitavelmente testemunha do assassinato da moça!

Maneco coçava o queixo:

— Ou o autor. Precisamos descobrir o nome desse artista.

— Devemos mostrar a tela ao Feijó?

— Para quê? Para que ele a junte aos autos? Aquela cavalgadura não saberia o que fazer com o retrato.

— Pelo menos ele está procurando outros suspeitos, Maneco!

— Claro... estão todos no calcanhar dele. O cônsul Grandet, que tem acesso à corte através do ministro de França... e os jornais! O *Piratininga* já deu mais de dez matérias sobre o caso. Vive cobrando providências! Agora mesmo a notícia já deve ter chegado à corte. Quem pinta nesta cidade? — Maneco acrescentou subitamente, mudando de assunto.

— Paredes ou telas? — pilheriou Bernardo.

— Telas, é claro! Retratos, paisagens, esse tipo de pintura.

— Ninguém. Quem haveria de comprar um quadro? O cônego Dias? Só se fosse a *Santa Ceia*.

— Algum estrangeiro recentemente chegado?

— Muitos, vindos de Santos, a caminho do interior... Não te esqueças, Maneco, que a nossa São Paulo, apesar dos fumos de modernidade, ainda é um ponto de tropeiros.

— Estou falando de gente ilustrada, Bernardo. A presença de um pintor, de um artista, haveria de ser notada!

Bernardo Guimarães soltou uma baforada do charuto:

— Que artista viria para cá? Isto é o fim do mundo, Azevedo!

— Deixa de troça. O caso é sério. O assassino veio à Pauliceia porque isto aqui é de fato o fim do mundo. Em cada barranco do Tietê há um urubu bem gordo, o retrato da pasmaceira desta vila. Ele está certo da impunidade. Precisamos encontrar um pintor, Bernardo. Porque esse pintor há de ser, ou conhecer, o assassino. Ou nosso amigo Lessa, o vate de Diamantina, vai mofar na cadeia!

— E seu velho pai vai morrer de desgosto!

* * *

A moça era tão seca de carnes que seu apelido era Gambito. As canelas finas lembravam dois pontos de exclamação. O rosto emaciado acusava pouca comida e muito trabalho.

Jamais imaginara que ficar ali parada daquele jeito renderia tão bom dinheiro! Aquele homem só queria pintá-la, e para isso pagava o que ela levava duas noites para conseguir na taverna. Em Santos a vida era difícil demais. Os navios que iam dar no porto vomitavam homens em quantidade, mas todos eram malcheirosos e grosseiros. A vida no mar descascava qualquer verniz social. Eles tratavam as mulheres como quem lida com bichos. Uma coisa a Gambito aprendera: quem tem dinheiro manda. No mundo todo era assim. Ela estendia a mão e aferrava as parcas moedas na palma calejada. Depois que a bolsa dos marinheiros esvaziava, ela os mandava embora. Um deles, mais afoito, lhe quebrara dois dentes com um safanão.

Mas aquele homem era diferente, tão caladão e seco, apesar dos trajes fidalgos. "Ergue o braço", "recolhe a mão", era tudo o que ele falava.

— Combinamos apenas três sessões, senhor.

Ele jogou uma bolsinha de couro aos pés dela:

— Pago o excedente.

— Já são cinco.

— Quatro. Mas não te preocupes. Esta será a última.

A Gambito lamentou a informação. Então teria que voltar a Santos?

— Faz o que quiseres.

— O senhor me prometeu dinheiro.

— E dei.

Ele mergulhou o pincel num líquido transparente. As cores volatilizaram-se dentro do recipiente de vidro, como pequenas serpentes coloridas. Gambito lembrou-se das enguias que seu pai, velho pescador, guardava num balde de madeira para vender na feira livre.

— Ergue o braço.

Ela obedeceu.

— Recolhe a mão.

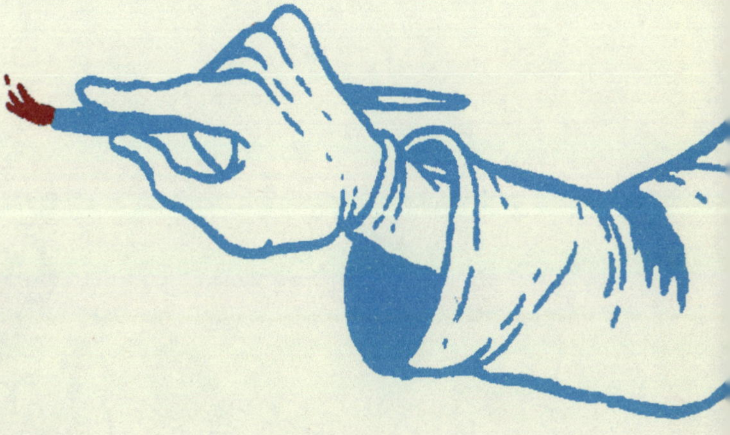

Uma obra em progresso

O clarão de teus olhos me dá vida!
("A lagartixa")

O retrato a óleo de Laurita estava ficando sublime. O pincel do português captara de fato a alma da garota! Os olhos pestanudos tinham um quê de provocação, a boquinha vermelha denotava o desdém que ela sentia pelo mundo. O cônsul Grandet deu uma baforada e bateu a cinza do charuto na mão de um menino escravo a postos a seu lado.

Ansioso, o pintor sorriu satisfeito à reação do cliente. Ao notar que fora flagrado em sua admiração, o dono da casa tratou de se conter. Se o pintor percebesse seu contentamento, decerto pediria mais dinheiro. Ele conhecia bem a alma mercantil dos ibero-americanos, como aquele português — nesse sentido, a seu ver, assemelhavam-se aos judeus.

— Não está mau — disse por fim.

— Faltam apenas os detalhes do segundo plano. E um e outro ajuste.

— Se perder o prazo, não pago mais um vintém!

— Nunca tive um comprador insatisfeito.

—Tomara que eu não seja o primeiro. Ó, negrinho, acompanha o senhor Taveira à porta. Ele não ficará para o almoço. Além disso, a Freguesia do Ó fica longe, e o senhor precisa se apressar se não quiser ser surpreendido pela escuridão. À noite, essas estradas são perigosas.

A conselho de seu empregador, o pintor mudara-se da estalagem para uma chácara na Freguesia de Nossa Senhora do Ó. A propriedade, uma velha mansarda arruinada por cupins e tomada pelo mato, fora cedida pelo próprio cônsul, que não queria o pintor zanzando pela cidade, à mercê da curiosidade nativa. O retrato da filha era um segredo que ele devia manter para si. Queria o pintor longe de sua casa, mas perto da sua influência.

Um investigador sem medo

É uma visão medonha uma caveira?
Não tremas de pavor, ergue-a do lodo.
("Glória moribunda")

O chefe de polícia estava boquiaberto. Um segundo cadáver fora encontrado à beira do Tietê, meio devorado pelos peixes. Faltavam-lhe os dois dentes da frente, o que fazia o rosto lívido deformar-se numa careta atroz.

— Os lambaris estavam comendo o rosto dela — disse Tonicão, que fora o primeiro a chegar.

Um escravo dera o alarme. Com medo de ser confundido com o assassino, ele desaparecera no matagal que margeava o rio.

Gontijo Feijó mandou que recolhessem o corpo imediatamente. Tudo que não precisava era de uma horda de curiosos querendo ver o corpo. Não havia mais como esconder a notícia. Era o segundo cadáver! E, pelo corte no pescoço, fora morto em circunstâncias muito parecidas.

— É a Mãe-d'Água! — gritou um dos negros que erguia o cadáver. Como o corpo, do pescoço para baixo, estava meio enterrado no lodo, só agora era possível ver os seios e o sexo nu. A visão da mulher branca morta aterrou os escravos.

Os dois negros depuseram a morta no chão e se persignaram seguidas vezes, beijando os bentinhos que traziam no pescoço. Eram muito supersticiosos.

Com a mão esquerda, Feijó arrancou as algas e os detritos que se agarravam ao corpo. O chefe de polícia praguejou. Impossível precisar há quanto tempo a morta jazia submersa. Pelo estado do corpo, todo carcomido pelos peixes, podia ser um, dois ou trinta dias... Será que o crime era anterior ao da moça morta no cemitério? Como saber?

— Iemanjá — gemiam os escravos, curvando-se em reverência. — É a Mãe-d'Água! Iemanjá! Iemanjá!

Os dois estavam prostrados no chão.

Feijó pegou um galho partido e começou a açoitá-los, mas eles não se mexiam.

— Andem, façam o seu trabalho, seus preguiçosos!

O chefe de polícia ia ficando cada vez mais furioso. Os escravos, agora que estavam com medo, não prestariam para mais nada.

— Tonicão, agarra os pés. Eu pego os braços! Vamos erguê-la!

— Botar as mãos na morta?

— Onde mais, patife? Anda, dá cá a mão, me ajuda que eu estou atolando nesta lama!

Tonicão estendeu o braço ao chefe, que agarrou sua mão. Estava hirto de vergonha, o Feijó. Que situação, meu Deus! Ele, o chefe de polícia da cidade, enterrado até as canelas no lodo!

— Me acode, Tonicão, seu imprestável!

O pobre Tonicão tentava se equilibrar, mas a lama era por demais escorregadia. Suas pernas foram se afastando uma da outra, até que ele não pôde mais e caiu sentado. O chefe de polícia, sem o apoio da mão do ajudante, mergulhou de cara na água lamacenta.

— Palerma! Energúmeno!

— Mas, senhor, a lama escorrega feito sebo!

— Tira-me daqui, paspalho!

Tonicão procurou um local onde se apoiar. Tudo o que viu foi um tufo de urtiga. Teve então uma ideia. Enterraria o pé esquerdo na lama, onde a água era mais rasa, e, com o apoio da perna direita, poderia estender novamente a mão ao chefe. E foi o que fez. Tentou desenterrar o outro com um puxão. Mas o chefe de polícia estava solidamente enterrado. E Tonicão sabia que lodo era pior que baba de jaca. Uma vez atolado um homem, só mesmo outros dois para retirá-lo.

— Precisamos de ajuda! O senhor está enfiado no lodo até os joelhos!

Gontijo Feijó nem podia pensar em semelhante hipótese. Como ficaria sua reputação se soubessem que ele estivera mergulhado na lama? Era o chefe de polícia!

— Nem pensar, animal! Tira-me daqui logo! Vai buscar um pau, uma vara, qualquer coisa!

O ajudante firmou o pé. E, com um valente puxão, conseguiu desenterrar o chefe. Mas o enorme Tonicão desconhecia a própria força. Com o impulso, o pobre policial foi parar em cima da moita de urtiga.

O berro que o digno chefe de polícia soltou quase acordou a morta.

***

Os estudantes cercavam a delegacia. Feijó passou a mão na pele esfolada pela urtiga. A comichão era insuportável! O pior é que, onde coçava, rebentavam pequenas feridas que coçavam ainda mais. Maldita urtiga! Maldito Tonicão!

— Senhor, os estudantes dizem que não arredam o pé enquanto o Lessa não for solto!

— Pois que criem raízes!

— Eles estão furiosos. Dizem que, se há outra morta, e o Lessa encontra-se preso, o assassino não pode ser ele!

— Manda-os para o raio que os parta!

Feijó examinou a língua saburrosa no espelho. O veneno da urtiga era terrível. Com a ponta do dedo, tateou as primeiras ínguas da inflamação. Sentia a garganta apertar. Não era para menos. Afundara nas folhas até o pescoço!

— Quem está lá?

— Lá onde?

— Lá fora, palerma! À frente dos baderneiros!

— O Guimarães.

— E o Azevedo, decerto.

— O Azevedo eu não vi.

— São unha e carne aqueles dois. Vai olhar de novo. Se o Azevedo estiver lá, traze-o aqui. Ele tem mais juízo que os outros. Ou é menos estouvado! E, Tonicão!

Já com o pé na porta, o assistente se voltou, atarantado:

— Senhor?

— Depois manda lavar essas roupas! Estão imundas! O que é isso? Parece tinta. Já não te falei que não fica bem a um assistente da chefatura de polícia ficar por aí pintando paredes?

A pateada dos estudantes fazia com que eles precisassem gritar para ouvir um ao outro. Lá dentro ouviu-se a voz de Aureliano Lessa:

— Tonicão! Ó Tonicão, abre esta jaula! Os meus amigos colocarão fogo nesta pocilga, se vocês não me deixarem sair!

Para ser ouvido pelo prisioneiro, Feijó alteou a voz, mas não muito, o quanto a sua dignidade de chefe de polícia permitia:

— Senhor Aureliano Lessa, cale-se em nome do imperador! O senhor é um prisioneiro de Sua Majestade!

À porta, Bernardo Guimarães foi quem respondeu. Tonicão lhe segurava o braço.

— Senhor chefe de polícia! Nós, estudantes da Academia de Ciências Jurídicas e Sociais da Cidade de São Paulo, exigimos que o senhor liberte o confrade e aluno dessa instituição, Aureliano Lessa!

— É muito atrevimento! Os senhores não têm o direito de exigir nada! Muito menos a soltura de um suspeito.

— Bernardo, tira-me daqui! — gritou Aureliano Lessa, ao ouvir a voz do amigo. — Estou cansado de conversar com os camundongos! Eles só sabem falar de restos de comida e tocas!

— O senhor escutou o Lessa, senhor chefe de polícia! Ele não tolera mais ficar preso!

— A opinião de um suspeito só deve ser levada em conta durante interrogatório competente.

— O senhor é mesmo inacreditável! O que pretende? Que a estudantada coloque o prédio abaixo?

Feijó deu um pulo.

— Colocar abaixo a cadeia pública? Eu mando fuzilar todos! Começando pelo senhor!

O chefe de polícia apanhou num armário de parede um velho mosquetão. Com apenas um olhar para a pederneira enferrujada, Bernardo viu que não havia o que temer. Aquilo não cuspia fogo desde os tempos da Colônia.

— Cuidado que esse trabuco explode em sua mão!

Feijó afastou a arma de si, como se ela fosse uma cobra, e a jogou ao assistente.

— Este fuzil ainda aguenta o tranco!

— Isso aí é uma velharia! Senhor Gontijo Feijó, mande o Tonicão guardar a arma, vamos conversar como pessoas civilizadas.

— Onde está o seu amigo Azevedo?

— E eu sei? Poetando, decerto. Aquele lá é capaz de escrever uma epopeia enquanto Roma pega fogo. Roma ou esta cidade. Senhor Feijó, o senhor conhece a audácia da estudantada. Eles são como um rastilho de pólvora.

— Pólvora eu tenho de sobra para vocês! O senhor e seus pares não passam de arruaceiros, senhor Guimarães!

Reprimindo um bocejo, afetando descaso, Bernardo examinou as unhas compridas.

— Uma multidão fica facilmente descontrolada. Eu não sei por quanto tempo conseguirei controlar os ânimos.

Bernardo abriu o reposteiro da janela.

— Alguns já se armaram de tochas! Veja lá o clarão das chamas!

— Clarão das chamas? O dia está claro como água!

— Eles estão indóceis.

O chefe de polícia escondeu o rosto entre as mãos.

— O que os senhores querem afinal? Além da soltura do prisioneiro, claro, que isso eu não vou fazer!

— Um quarto bem iluminado, e o cadáver da moça encontrada no Tietê!

— Do que está falando? O que pretendem?

— Eu, nada. O Azevedo é que quer fazer uma autópsia.

— Uma autópsia? Nunca! Nunca! Um corpo é sagrado! O espaço sacrossanto da alma! O templo do espírito!

— O doutor Joaquim Manuel de Macedo, deputado provincial, membro do Instituto Histórico e emérito romancista, chegou ontem da corte. E ele, que é íntimo do imperador, está à disposição do senhor e da força policial. E mais não digo. Cabe ao senhor decidir. Se não quer libertar um inocente, pelo menos dê-nos meios de desfazer essa injustiça!

O famoso médico da corte

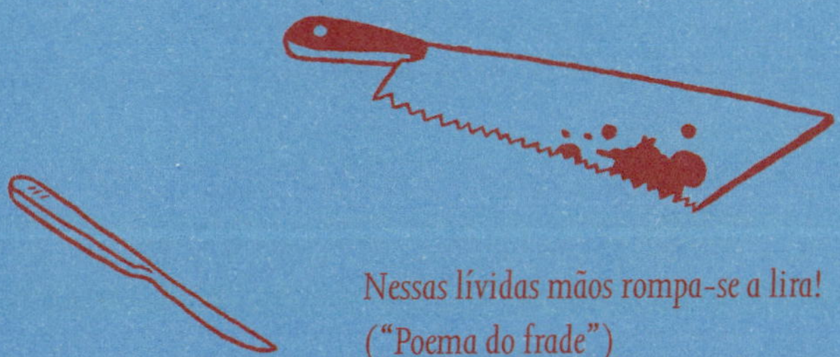

Nessas lívidas mãos rompa-se a lira!
("Poema do frade")

O doutor Macedo, como era chamado por todos, era muito respeitado pelos estudantes. Casado com Maria Catarina de Abreu Sodré, prima-irmã de Álvares de Azevedo, era formado em medicina, mas não exercia o ofício, viera da corte apenas em consideração ao primo. Gontijo Feijó tinha-lhe muito respeito, mais por sua atuação política do que por sua fama como escritor — havia publicado um romance de sucesso, *A moreninha*. Diziam que ele privava da intimidade da família real, e caminhava livremente pelo paço de São Cristóvão.

Ao lado dele, Maneco franziu o nariz. Não imaginava que um cadáver aberto fedesse tanto. As entranhas fumegantes atraíam as varejeiras, que voejavam ao redor deles, zumbindo enlouquecidas.

Nauseado, Bernardo havia se retirado da sala.

— Obrigado por teres vindo, primo — disse Maneco.

— De nada — respondeu o célebre escritor. — Mas eu te aconselho a não falar. O cheiro penetra pela garganta e podes vomitar todo o almoço.

De fato, Maneco reprimiu um engulho.

— Vê isso — disse o doutor Macedo, mostrando um emaranhado escuro e nodoso ao lado da espinha dorsal. — É o pulmão. Está seco. Logo, a vítima não engoliu água. O assassino matou-a em outro lugar. Só depois o corpo foi jogado no rio. Vês as costelas partidas? Uma, duas... O agressor provavelmente ajoelhou-se sobre o peito dela, causando as fraturas, para firmar as mãos no pescoço. Olha as marcas.

Maneco descobriu rapidamente a boca.

— E o corte no pescoço?

— Foi feito depois que o cadáver esfriou. Não houve derramamento de sangue dessa ferida. Continuando, olha aqui: ao lado das clavículas, a coluna cervical partida.

— Não estou vendo nada.

— Porque não tens os olhos treinados. Espera! O que é isso?

— O quê?

— Isso não é sangue! Me dá um pouco de água limpa.

Maneco rapidamente serviu-se da moringa. O médico derramou um pouco de água no pescoço seccionado da morta.

— Vê... não é sangue coagulado. Não se dilui na água... é antes... parece tinta!

— Deveras? No outro cadáver também havia manchas de tinta!

— Temos aqui algo em comum... A outra vítima teve o pescoço quebrado?

— Não sei dizer.

— Além da coluna cervical partida, aqui há fissuras na medula. Esta pobre moça teve o pescoço partido como uma vareta. O assassino era forte.

— Quer dizer que o matador guardou o corpo consigo por algum tempo antes de jogá-lo no rio?

— Não tenho dúvidas disso. Talvez tenha esperado anoitecer para se livrar do corpo sem ser visto, ou então... ele tem um estranho método. Pelo que me disseste, é a segunda vítima?

— A primeira também teve o pescoço cortado.

— Costelas quebradas?

— Não sei. E os dentes?

O médico ergueu o lábio superior da morta com uma espátula de metal.

— Não foi o assassino. As gengivas estão cicatrizadas. Ela já era desdentada muito antes de morrer.

O doutor Macedo enxugou a lâmina de corte na toalha branca da mesa.

— Não posso ficar mais, Maneco. Espero que eu tenha sido útil.

— Só mais uma informação, primo: o assassino primeiro esgana, depois degola... por quê?

— Isso a finada banguela não pode nos dizer. Já tiramos da infeliz tudo o que poderíamos saber. Mas tivemos uma boa prosa, não é, Maneco? Isso é o que eu chamo de conversar com os mortos!

Com as costas da mão, Maneco cobriu o nariz.

— Recomendações à Catarina, primo.

O médico estendeu a mão ensanguentada.

— Um *shake-hands*?

Quando Maneco, depois de hesitar por uns bons instantes, ia estender a mão, o escritor-médico soltou uma gargalhada, recolhendo o braço.

— Era brincadeira, rapaz! Porventura sou maluco, para obrigar-te a tocar esta mão ensanguentada?

E riu a bom rir, gargalhou tanto que teve que segurar os óculos na ponta do nariz.

* * *

Lá fora, Bernardo conversava com Tonicão. O céu estrelado era como uma mortalha. A visão da defunta aberta de alto a baixo o tinha perturbado muito.

— São os intestinos abertos que soltam aquela catinga, Tonicão. No fundo, não passamos de um saco de excrementos...

— Credo. Que boca, senhor Guimarães! O senhor diz cada coisa!

Com frio, Bernardo esfregou os braços. A garoa congelava. Contudo, Tonicão estava apenas em mangas de camisa. Ao carregar o cadáver, tirara o casaco. Não queria se sujar, e se esquecera de vesti-lo novamente.

— Andaste pintando alguma parede, Tonicão? — perguntou Bernardo, apontando respingos de tinta na pele do outro. Antes que Tonicão desdobrasse rapidamente as mangas para cobrir os braços, Bernardo notou que ele se ferira no antebraço esquerdo e na mão, provavelmente com algum objeto pontiagudo, mas não deu importância. Para engrossar a parca remuneração de assistente policial, Tonicão executava pequenos serviços: limpava chiqueiros, pintava e caiava paredes, cavava poços e ajudava a desatolar as alimárias na várzea do Tamanduateí.

— Não sentes frio só de camisa, Tonicão?

— Não. Estou acostumado — gabou-se.

Bernardo admirou as mãos imensas do assistente do chefe de polícia. O sangue que pulsava em suas veias grossas poderia irrigar uma lavoura inteira. Era um verdadeiro Hércules.

— Tonicão, o teu pai era grande assim?

— Nada. Era baixote, assim como o Azevedo. Minha finada mãe, que Deus a tenha, é que era alta. Demorou a arranjar marido por causa disso.

Bernardo riu. Tonicão não viu onde estava a graça.

— És um espírito simples, Tonicão! Sabes que eu te invejo?

— Invejar a mim? Se nem sei ler... não tenho haveres, posses... Só sirvo mesmo de burro de carga. Entre mim e um escravo não há diferença...

— Ora, não fales assim. Tu és querido por todos.

— Para fazer serviços. Para arar, mexer em argamassa, amansar mulas... Quem haveria de convidar um Tonicão para cear em casa, ou mesmo para um sarau? Só vocês, estudantes, fazem isso.

Bernardo sentiu vergonha. Os estudantes de fato convidavam Tonicão para suas tropelias, mas apenas para ver o bruto sobraçar sacos de areia e outras proezas. Ele era capaz de erguer duas mulheres ao mesmo tempo, uma em cada braço, e exercitar-se com elas até que os estudantes se cansassem de gargalhar. Tonicão era tratado feito fera amansada de circo.

Maneco assomou à porta.

— A carruagem do meu primo está a postos?

— Sim, senhor — respondeu Tonicão. — O senhor chefe de polícia encarregou a mim de encilhar pessoalmente os cavalos.

O doutor Macedo saiu do prédio da chefatura, cobrindo-se com a capa preta.

— Que tempo agourento faz nesta cidade!

— Um frio de rachar! — disse Bernardo.

Quando a carruagem se afastou, Bernardo voltou-se para Maneco:

— E então?

— Manchas de tinta.

— Como no outro corpo...

— Sim, como no outro corpo — disse Maneco, pensativo.

* * *

Aquela foi uma noite difícil para o poeta. Teresa, na taverna, bem que tentara deixá-lo à vontade, mas a visão da moça morta não lhe saía dos olhos e ele preferiu voltar para a Chácara dos Ingleses, ficar a sós com suas reflexões. A pedido do primo, o corpo não havia sido lavado, por causa do exame *post mortem*. As algas do rio enrodilhavam-se ao corpo como filamentos de carne verde. O corpo da morta era como a superfície raiada de um mapa, que o médico ajudara a ler.

Tinta, manchas de tinta nos dois cadáveres...

Tudo que ele precisava era de um pintor! Mas onde encontrar um pintor em São Paulo? Só se fosse um caiador de paredes!

Mil dúvidas o corroíam. Será que eles fizeram bem em ocultar da polícia a existência da tela que retratava a primeira morta? Será? Tampouco contara ao primo. Eram apenas suposições, mais nada... Amanhã cedo correria às lojas. Se alguém houvesse importado tinta a óleo, ele haveria de descobrir.

Mas a ida às lojas não foi necessária. Na Taverna do Corvo, no exato momento em que tantas indagações torturavam Maneco, Teresa dizia a Bernardo que um estranho homem pálido e soturno, vestido com roupas caras, lá estivera em busca de uma moça: um modelo a quem pintar. E o Marquês, vindo em seguida, enriquecia a informação com mais uma revelação preciosa: um retratista vindo da corte estava a pintar o retrato da filha do cônsul francês!

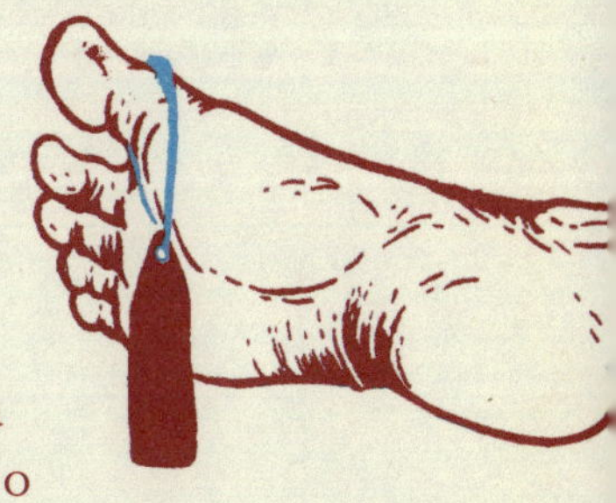

Bernardo não perdeu tempo. Correu a avisar Maneco.

Ao ouvir isso, Maneco pulou da cama e já foi saindo. Bernardo o deteve com um grito:

— Vais sair de ceroula, Azevedo?

— Cáspite! Minha calça, Bernardo! E onde está a minha camisa?!

— Parece que o pintor é recém-chegado à cidade. Sendo assim, não poderia ter matado a primeira moça.

— Quem disse que ele é recém-chegado?

— Nunca foi visto por aqui.

— A cidade tem mais de 15 mil habitantes. Não é difícil se esconder. Se o sujeito vive nos arrabaldes do Brás, é bem possível que nunca o vejamos. E, se ele não frequenta a sociedade, então... pode passar despercebido por toda uma vida.

— Teresa não quis lhe servir de modelo. Diz que o homem ficou possesso. Prometeu pagar-lhe uma pequena fortuna, mas com a condição de que ela não contasse nada a ninguém!

— Um pintor, um retratista que aporta na cidade junto com duas mortas... E as duas trazem manchas de tinta na pele... É o nosso homem, Bernardo!

— Maneco... não podemos nos precipitar. Não podemos dar uma de Gontijo Feijó.

— Onde ele vive?

— Numa chácara, lá para os lados da Freguesia do Ó. Ensinou a Teresa como chegar, caso ela mudasse de ideia.

— Então é para lá que vamos!

— E as aulas?

— Que se danem!

Um paraíso tropical

Sobre as colunas do luar batendo
E nas paineiras úmidas tremendo
Filtrava-se o sossego [. . .]
("O poema do frade")

Na chácara da Freguesia do Ó, Herculano Taveira tinha diante de si uma pintura apenas esboçada: era o retrato de uma rameira. Gostava da luz de São Paulo. A princípio, não viu com bons olhos a oferta do cônsul de encerrá-lo ali, mas, depois, tendo se acomodado naquele ermo cuja luminosidade ao poente era tão bonita, e o nascer do sol era saudado com uma miríade de cores, vieram-lhe ideias de estabelecer-se naquele rincão.

São Paulo não era diferente do seu vilarejo natal, Póvoa de Varzim. Ele gostava de pintar as charnecas da região, as mulheres de mantilha, as raparigas de saias amplas. Mas Portugal se tornara pequeno para ele. Taveira queria ganhar o mundo. Atraído pela promessa do dinheiro farto da Colônia, fora dar no Rio de Janeiro. Ficara assombrado com a beleza candente da baía de Guanabara. A região tinha um ar de vertigem que o desnorteava. Pensava que jamais sairia de lá, mas estava gostando mesmo de São Paulo.

O que havia ganhado no Rio de Janeiro? O propalado dinheiro não vira nem de longe. Era tratado como o estrangeiro que era. A vida na corte, se você não fosse um fidalgo, ou um funcionário público de carreira, não era fácil. As doenças pululavam como piolhos. Para abrandar a frustração, refugiara-se no vinho, nos lupanares e nos braços das escravas que se vendiam nas ruas, já que não podiam ganhar dinheiro de outra forma. Contudo, essa dissipação havia deixado marcas. Nada que matasse de pronto, mas seu organismo estava infectado. Sua devota mãe, embrulhada em xales para fugir ao vento e ao sereno, era quem falava: "O que não mata engorda". Não era o que acontecia com a sífilis, que devastava. E ele a trazia no sangue.

Os senhores de escravos indicavam um remédio para a doença: copular com uma negrinha virgem. Diziam que era tiro e queda. Ele não era assim tão ignorante. Além do mais, uma menina intocada custava muito, muito mais do que ele se dispunha a pagar. Deu de ombros. Sabia que ia morrer cedo por causa do mal que o corroía. Mas quando chegasse sua hora, pensaria no assunto. Nunca tivera fumos de nobreza, mas a sífilis o tinha tornado ainda mais descrente. O que valia uma vida? Um ato de amor carnal era o preço da morte? Então, que seja! A hora derradeira haveria ao menos de minorar o seu sofrimento físico.

A doença o deixava desanimado. Ele percebera o olhar de Laurita, nauseada com sua aparência. Já não tinha cor no rosto, os membros se lhe tornavam lassos. Havia dias em que mal tinha ímpeto para erguer o pincel. Mas por ora estava calçado. Depois de muito regatear, o cônsul pagara um bom dinheiro pelo retrato da filha. Era um fidalgote que tinha o rei na barriga, o francês, mas tinha a burra cheia, e ele estava disposto a sangrá-la!

Na toca do lobo

Alugo (três mil réis) por uma tarde
Um cavalo de trote (que esparrela!).
("Namoro a cavalo")

Os dois cavalinhos alugados trotavam valentemente, mas aquele caminho exigia montarias mais rústicas. Quando chegaram à chácara, o dia descambava, e os cavalos suavam como um frade gordo, segundo Bernardo.

A porta de entrada do casarão estava apenas encostada. Maneco aproximou o ouvido à folha de madeira.

— Nenhum ruído.

Uma coceira infernal torturava Bernardo. Aqueles cavalos, além de mancos, tinham carrapatos! Ou coisa pior: era só o que faltava, pegar um berne àquela altura!

— O que faremos? — perguntou, coçando-se.

— Vamos entrar.

— E se nos descobrem, homem?

— Se não há ninguém!

Maneco empurrou a porta, que se entreabriu com um estalido. Bernardo, pé ante pé, entrou atrás dele. Imediatamente sentiram um cheiro nauseabundo.

— Que fedor!

— Catinga de bicho morto.

— Vamos embora! O dono da casa há de nos receber a tiro, Maneco!

A sala não tinha tapetes, e os poucos móveis cediam ao próprio peso, corroídos por cupins e brocas.

Uma tábua do assoalho assomava perigosamente. Maneco tropeçou.

— O que é isso?

— O madeirame do piso está podre!

— Ajuda aqui, Bernardo! Essas tábuas estão soltas!

— A casa inteira está caindo aos pedaços! Devemos nos dar por felizes se ela não desabar em nossa cabeça!

— Ajuda-me!

Maneco fez tanta força que sentiu os braços fraquejarem. Bernardo se colocou atrás dele e, com o auxílio de uma pá que estava em cima de um banco de madeira, deslocou a tábua.

Os dois trataram de erguer as tábuas do assoalho. Removeram duas.

Bernardo cobriu o nariz com o colarinho da camisa.

— O fedor está piorando!

Algo fez Maneco precipitar-se para trás, levando o amigo de roldão.

— Ai, Azevedo! Endoidaste, homem?

Maneco não respondeu, apenas apontou o dedo para o buraco do chão. Na semiescuridão do recinto, Bernardo não percebeu o que era. Ao abaixar-se, uma revoada de moscas bateu-lhe no rosto.

— Credo!

O enxame de insetos descobriu um corpo que jazia sob o assoalho. Milhares de vermes se refestelavam em suas carnes, num festim movediço e fervilhante.

* * *

A chácara fora fechada e estava sob a inspeção da polícia.

Os trabalhos mal tinham começado e Gontijo Feijó já tinha uma opinião:

— O pintor, arrependido de seus crimes, envenenou-se com arsênico.

Ao escutar isso, Maneco perdeu a paciência:

— E decerto, depois de morto, levantou-se, ajeitou às pressas um alçapão e se acomodou por lá!

— Senhor Azevedo, eu agradeço muito o trabalho que o senhor desempenhou, mesmo colocando em risco a própria vida, que o ofício policial não é para amadores, e muito menos para estudantes irresponsáveis. O senhor dê-se por satisfeito que eu não o tenha incluído nas investigações. Por exemplo, como o senhor e seu confrade Bernardo Guimarães foram dar com os cornos na chácara alugada pelo morto?

— Pensando, digníssimo chefe de polícia. Raciocinando, investigando e tirando conclusões. Coisa que o senhor deveria ter feito e não fez.

— O que pretende ainda, senhor Álvares de Azevedo? O seu amigo já está em liberdade. Tudo caminha a contento. Por que continuar se incomodando? Vá estudar, trate de levar um diploma para seus pais. Um canudo é a melhor recompensa para o investimento que eles fizeram na sua educação. E, se o senhor já terminou a sua explanação, peço que se retire e me deixe trabalhar. E sabe qual é a primeira providência que tomarei? Mandar caiar as paredes da cela onde esteve encerrado o seu amigo Aureliano Lessa! As paredes estão repletas de obscenidades!

— Não são obscenidades. São versos de Gregório de Matos, de Manuel Maria Barbosa du Bocage!

— Esse tal de Bocage... deve ser da sua laia! Eu posso por bem mandar prender esses dois também! Ele e o tal do Gregório de Matos!

— Claro que sim, se eles não estivessem mortos!

O chefe de polícia engasgou com a própria saliva.

— Chega! Chega! Deixe-me a sós! Eu preciso trabalhar, senhor Azevedo! Trabalhar, coisa com a qual o senhor não está acostumado. Fora daqui! Fora!

Maneco saiu, batendo a porta.

***

Aureliano e Bernardo o esperavam na taverna. Teresa estava entre os dois, rindo-se de seus gracejos. Isso irritou Maneco ainda mais.

— Posso participar das piadinhas?

— Teresa está nos dizendo que vai abandonar o Bugio — esclareceu Aureliano. — Vai trabalhar numa casa de família. Lavar, passar e limpar. O que dizes disso, Azevedo?

— Cada um sabe o que é melhor para si.

— Que mau humor! — Bernardo riu-se. — Por acaso tomaste purgante?

Teresa ficou ofendida.

— O que queres dizer com isso, Maneco? Que eu não posso conseguir coisa melhor? Ou que eu não mereço? Lamento se, ao contrário de vocês, estudantes, eu não posso contar com a mesada dos meus pais, que, a essa altura, devem estar no meio do inferno, queimando por terem abandonado uma criança na roda.

A imagem da roda dos expostos veio à mente de Maneco. Um dia ele acompanhara Teresa até a Santa Casa de Misericórdia, onde ficava o estranho lugar, uma simples plataforma giratória de pau, onde mães desesperadas largavam os rebentos. Estranhamente, ela gostava de visitar o local onde fora abandonada. Nada esperava encontrar ali, mas aquele fora seu primeiro berço. O poeta sentiu-se muito mal.

— Eu te devo desculpas. Não foi o que eu quis dizer.

O semblante da moça abrandou-se. Sentia que Maneco era sincero. Mas algo o roía por dentro, como uma ratazana faminta. Ela sabia que o poeta desconfiava que o assassino ainda estava vivo, apenas esperando a hora de matar de novo.

— Eu venho da delegacia. O Feijó declarou o caso encerrado.

— Por mim — disse Aureliano —, é o que devíamos fazer.

— Não sei... algo me cheira mal nessa história toda. O cônsul chama um pintor para retratar a filha... e, em seguida, ele aparece morto? Além do mais, já havia uma morta antes da chegada do pintor...

— Ele já podia estar em São Paulo, escondido. Esses artistas são andejos.

Maneco coçou o queixo.

— Sim... seu raciocínio tem lógica, Guimarães. O pintor matou, e só apareceu depois de ter feito a segunda vítima: para afastar as suspeitas de si... mas não sei... Estou cismado... Há algo de podre na Pauliceia...

Bernardo mordeu um pedaço de queijo e gracejou:

— Maneco, era o cadáver que já fedia. Era impossível precisar qualquer coisa. Nem mesmo o doutor Macedo teria descoberto algo naquela carcaça. Aquele morto estava mais mudo do que uma caveira. E quem cala consente: era o pintor, e pronto!

Ao pensar no enxame de varejeiras que se levantou do cadáver, Bernardo teve um arrepio.

— Achas mesmo?

— Acho, Maneco. O nosso Aureliano já está livre, agora é comemorar! Que tal um festim no cemitério?

Aureliano deu um pulo.

— Nem pensar. Não quero saber de cemitérios por um bom tempo!

Pedindo licença, Teresa se retirou. Precisava dar de comer aos porcos. O trato com o Bugio incluía tudo, até mesmo cuidar da criação do taverneiro.

— Perdemos Teresa, a nossa musa — disse Bernardo. — E tu perdeste a namorada, Maneco.

— Não perdeu nada — observou Aureliano. — Ele bem pode visitá-la quando quiser.

Afogueada pelo esforço, Teresa voltou. O coque que lhe prendia os cabelos soltara-se. Maneco admirou os seus braços nus. Nem alimentando as alimárias ela perdia o viço. Era tão linda. Decerto é filha bastarda de um nobre. E a mãe, não querendo comprometer o pai, abandonara-a na roda dos enjeitados. Será que tinha sangue real?

— Acho que tens sangue azul nas veias, minha cara.

Teresa soltou uma de suas gargalhadas.

— Sangue azul? Não, meu sangue é vermelho como o teu, Maneco!

— Onde vais trabalhar, posso saber?

— Na casa do judeu Efraim. Eles precisam de alguém que more lá. A esposa dele ficou entrevada depois de um tombo.

Ao escutar isso, os dois amigos de Maneco ficaram animadíssimos. Teresa, morando na casa de Judite, desfrutando a intimidade daquela deusa israelita!

— Judite saiu direto dos versos d'*O Cântico dos Cânticos*! — disse Bernardo, ao que Aureliano ajuntou:

— É uma deusa bíblica! Por ela Jacó serviria Labão por mil anos!

A moça riu.

— Bonita ela é, isso ninguém pode negar, mas não é para o bico de vocês. Parece que está prometida a um religioso, que vive na corte. E é lá que ela vai morar.

— Um religioso? Um rabino, então! — rugiu Bernardo. — A nossa linda Judite será encerrada num convento!

— Convento é para freiras, animal — esclareceu Aureliano.

— Ora, que seja!

— Quando vais? — perguntou Maneco.

Teresa sorriu. Sentiria falta dos moços, principalmente de Maneco, é claro.

— Assim que mandarem me buscar.

Teresa no exílio

Só por teus olhos eu viver podia
E por teu coração amar e crer
("Despedidas à...")

A casa era despida de ornamentos.

Judite encarou a recém-chegada com bons olhos. Sabia que ela era órfã, e tomara-se de piedade.

—Vem, eu te mostrarei o teu quarto.

O "quarto" limitava-se a uma esteira na cozinha; esta, por sua vez, era composta de um fogão e duas cadeiras, que bastavam para a família. Judite e a mãe só se sentavam depois que o pai tivesse ceado.

Doida para saber detalhes do mundo, Judite crivou Teresa de perguntas:

—Decerto ouviste falar das moças assassinadas! O chefe de polícia esteve aqui, acusando meu pai!

— Eu soube. Sandices. Todos sabem que vosso pai é um homem honrado.

— É verdade que o assassino foi descoberto?

— Dizem que sim. Era um pintor, que tirou a própria vida. Creio que por remorso.

Judite sentiu-se estremecer. Os gentios viviam matando-se uns aos outros. Nunca ouvira falar de um judeu assassino.

— Decerto porque vocês são poucos — observou Teresa. — E nós somos muitos.

Judite ficou pensando naquilo. Aquela moça, a despeito de sua origem humilde, era muito sagaz. Seriam boas amigas. Ela era tão solitária, confinada ali naquela casa, sem ter o que fazer, sem ter com quem conversar! E agora, com a mãe acamada, sentia-se ainda mais só! E, depois que o pai a prometera ao estudante de *Ieshiva* fluminense, não podia mais ir à loja. Lá, pelo menos, se distraía.

— O que é "Istvá"? — quis saber Teresa.

— *Ieshiva*. Uma espécie de escola... para ser rabino... Um rabino é mais ou menos como um padre, mas um pouco diferente... Mas diz-me, Teresa: tens muitas amigas?

Teresa sorriu. Tinha os dentes alvos.

— As mulheres que eu conheço não seriam bem-vindas em casas de família.

— São... mundanas?

— São pobres. Fazem o que podem para viver. Umas encerram-se em conventos, outras caem no mundo.

— Tu não fizeste uma coisa nem outra — disse Judite. — Ou fizeste? — completou, depois de hesitar um pouco.

— Não. Não fiz. Preferi trabalhar por minha conta.

— E os estudantes? Tu decerto os conheces! A mãe diz que são devassos!

— Devassos? Alguns são frangotes de 16 anos. Outros consideram-se homens do mundo, porque bebem e farreiam. Não passam de meninos. Nenhum ainda é um homem. À exceção de um deles.

— Quem?

— Álvares de Azevedo. Conhece?

— Não.

Teresa ficou surpresa. Aquela moça vivia encerrada em casa!

— É poeta. "O que adoro em ti, minha Teresa, são os louros anéis de teus cabelos". Ele fez essa poesia para mim. Gosta de poesia, senhorita Judite?

— Apenas Judite, por favor. Só posso ler os livros sagrados.

— A Bíblia?

— A Torá. O livro santo. É diferente da Bíblia dos cristãos.

— O Maneco adora a Bíblia, mas diz que precisamos lê-la sem a carapuça da religião. Como quem lê poesia.

Judite considerou aquilo sacrilégio.

Logo seria hora de preparar o jantar. Teresa enrolou a esteira para tirá-la do caminho. Judite correu a ajudá-la.

— Sabe que és muito admirada entre os moços?

Judite deixou cair a ponta da esteira que segurava.

— Eu?

A recém-chegada soltou uma risada que encheu a casa.

— Eles a adoram. Declamam poemas, compõem odes à sua beleza.

— Beleza?!

— "A uma israelita" é o nome de um dos poemas. Eu não sei quem é o autor dos versos, mas é um apaixonado! Pregaram a poesia na porta da loja, mas vosso pai a arrancou antes que algum freguês visse.

As mãos muito brancas de Judite foram ao peito, como que a salvaguardando de agressores ímpios.

— Apaixonado?! Por mim?! Um gentio?!

— Um não. Todos. Sem exceção. Também nunca ouviu falar de Bernardo Guimarães?

— Nunca.

— E Aureliano Lessa?

— Esse não me soa estranho aos ouvidos.

— Ele esteve preso, suspeito do assassinato das moças. É quem mais a ama.

— Quem mais me ama? Um prisioneiro? Um suspeito de um crime bárbaro!

— Ele é incapaz de matar uma mosca. É sensível, é poeta. E toca a viola maravilhosamente! Seu único defeito é imitar em tudo o Bernardo. Exagera no vinho, às vezes, mas é um bom rapaz...

Judite estava horrorizada.

— Apaixonado por mim... Um... bêbedo!

Uma voz fina e lamentosa se fez ouvir:

— Onde está a escrava?

A dona da voz se aproximou. Tinha a cabeça coberta por um lenço de algodão cru e, pelos fios que lhe escapavam, Teresa viu que a matrona tinha os cabelos tão vermelhos quanto os da filha. Só que, como mulher casada, não podia mostrá-los a outro homem que não o marido.

— Essa é a escrava? — perguntou, apontando o dedo magro para Teresa.

— Mãe, ela não é uma escrava — esclareceu Judite. — É cristã, e chama-se Teresa.

Rute deu de ombros. Para ela, *goyim* (não judeus; no singular, *gói*) e negros eram iguais, todos eram escravos de suas religiões idólatras. Além do mais, se a outra vinha servir em sua casa, era escrava.

— Senhora, sou escrava apenas da pobreza. De resto, sou livre como um pássaro.

A velha matrona nem se deu o trabalho de responder.

— Já mostraste onde ela vai dormir?

— Sim, senhora — disse Judite, apontando a esteira enrolada a um canto.

— Jantamos às quatro. Quando meu marido volta da loja, às vezes ceia conosco. Mas é raro, por causa da distância da cidade a cá. Mas hoje ele vem, para te conhecer. Vai deixar o ajudante cuidando da loja. Tomara que o menino não o roube!

Efraim Zacuta chegou às quatro da tarde. Deu uma boa olhada em Teresa, e pareceu satisfeito. Sua mulher não aprovou esses modos, mas ele não fez caso. Não era um rabino, que não podia olhar uma mulher nos olhos. Além do mais, atendia a todas as mulheres da vila em seu estabelecimento. Em sua terra natal, a Holanda, de onde tinha emigrado para o Brasil, os judeus diziam que as mulheres *goyim* tinham seis dedos em cada pé. Ele nunca tinha visto, e não se importava: não era sapateiro...

Teresa pareceu-lhe forte e saudável. Decerto não lhe daria trabalho ficando doente e indisposta. Além do mais, o dinheiro que combinou de lhe pagar compensava. Pagar aquela *gói* seria muito mais barato do que alugar um negro. Os escravos de aluguel custavam os olhos da cara, e bebiam aguardente como água. Quando não comiam terra para adoecer. O banzo era uma praga. Não havia benzedura que desse jeito. Uma vez corrompido pela melancolia, o escravo não escapava, definhava até morrer. Efraim já vira muitos assim.

— O senhor precisa de alguma coisa? — perguntou Teresa.

— Preciso, menina. Preciso de água quente. Estas botinas me castigaram os pés o dia todo.

Teresa atiçou as brasas e botou água limpa para ferver. Enquanto o caldeirão aquecia, varreu a casa toda, sentindo falta de alguém para conversar. Pensou que, naquela hora, os seus poetas estavam escovando as roupas para sair. O dia, para aqueles rapazes, começava ao crepúsculo.

Uma geração perdida

No delírio da ardente mocidade...
("Pálida imagem")

— Quantos versos deve ter uma epopeia? — perguntou Bernardo, enquanto rabiscava a parede com um pedaço de giz.

Ao ler os primeiros versos, Maneco não pôde deixar de pensar que o amigo desperdiçava seu talento.

— "Mil duendes dos antros saíram/batucando e batendo matracas/e mil bruxas uivando surgiram/cavalgando em compridas estacas." O que é isso, Bernardo?

— Poesia de escárnio. Uma orgia de duendes, bruxas e coisas assim. Gostas?

— Divertido. Mas não é coisa para se imprimir.

— Estás ficando carola, Azevedo. Desde que Teresa encerrou-se na casa dos judeus, perdeste o viço.

— Não é isso. Só penso que, se concentrássemos nossos esforços em algo útil, poderíamos publicar o nosso livro.

Bernardo suspirou. Maneco falava das *Três liras*, o volume sempre adiado que os dois, mais Aureliano Lessa, publicariam a seis mãos. Há coisa de um ano e meio, tinham até mesmo consultado os irmãos Garnier, livreiros estabelecidos na corte. Mas a coisa não passara disso. Não tiveram ânimo para levá-la adiante.

Nesse passo, entre as bebedeiras e os trotes nos bichos, dois meses se passaram. Nos intervalos dos modorrentos bailes da Concórdia Paulistana, das rezas em casa das Xavier e de um e outro jantar organizado por algum fidalgote de província, eles bocejavam.

Nenhuma outra morte foi registrada pela polícia. Para Gontijo Feijó, o assassino era aquele cadáver encontrado sob o assoalho da chácara da Freguesia do Ó. Contudo, Maneco insistia no contrário. Mas agora, até seus pares, sempre dispostos a ouvi-lo, mandavam que ele se concentrasse em poetar ou em fazer algo mais útil. Para todos, o caso estava encerrado.

Até que um novo corpo foi encontrado à sombra de uma amendoeira, próximo ao Campo dos Curros.

A morta, como a polícia não demorou a constatar, era conhecida pelo epíteto de Ricardinha Vaza-Barril e, em vida, prestava favores a homens. Quando foi encontrada, trazia entre os seios, pregada por uma estranha adaga, uma folha de papel com os dizeres: "Polícia inútil, vou matar muitas mais".

O temor tomou conta da cidade. Muitas das famílias que tinham posses trataram de mudar-se temporariamente para suas fazendas de café. Lá estariam seguras.

Alguns aventavam tratar-se de quilombolas, ou seja, haveria vários matadores, que tramavam uma revolta. Invadiriam as casas, empalariam os homens e violariam as mulheres. Outros juravam que as mortes eram obra de espíritos malignos. Falava-se em queimar pessoas de outras religiões, e outras coisas desse tipo. Negros eram açoitados por dá cá aquela palha, para que servissem de exemplo. Muitos não resistiam.

Devido à influência do cônsul Grandet, um emissário da corte foi enviado, a fim de investigar os assassinatos. Seu nome era Epitácio Cândido e ele era membro da guarda de honra do imperador. Contudo, aquele bravo palaciano estava mais habituado às costuras invisíveis da corte que ao clima adverso de São Paulo. Mal chegou, caiu doente, e foi despachado de volta.

O jornal *O Piratininga* cobrava providências. Chamava a polícia de incompetente e não poupava epítetos ao pobre Gontijo Feijó. Este mal se atrevia a sair à rua. Um desenhista inspirado publicou um panfleto satírico que fez muito sucesso entre os estudantes: mostrava o chefe de polícia escondido no regaço de uma mulher imensa de gorda — ninguém menos que sua digníssima esposa.

* * *

Em sua nova morada, Teresa sentia falta das novidades. Sentia-se segura ali, mas o tédio a castigava. Quando estavam a sós, Judite era uma boa companhia, mas os outros habitantes da casa nem se faziam notar. A velha ficava o dia todo estendida no catre de madeira, resmungando e gemendo, e Efraim passava os dias na venda.

Um dia, logo cedo, quando ela acabava de agarrar um frango que depenaria para o jantar, Judite veio correndo até ela. Teresa se animou. Aquela moça era sempre tão recatada... Algo havia de ter acontecido!

— Mataram mais uma mulher!

— Quem?

— Outra... meretriz. Cortaram o pescoço da infeliz. Como se faz a uma galinha!

Teresa largou imediatamente o frango que se debatia em suas mãos.

— Preciso ir à cidade!

— O pai não há de aprovar, Teresa!

— Ele é seu pai, não meu.

— É perigoso! Um assassino anda à solta!

— Eu sei me defender — disse, tirando o avental.

Judite a seguiu.

— Teresa, por quem és, o que vais fazer na cidade? Aqui estamos seguras!

— Preciso ver o Maneco!

— Mas por que tanta ânsia? — alarmou-se Judite.

— Ele anda investigando esses crimes! O matador pode tentar algo contra ele!

A linda ruivinha sentiu o coração bater mais forte. "Maneco" era um dos estudantes das relações de Teresa. Ela falara tanto dele! Era o amigo de Bernardo Guimarães e do seu admirador, Aureliano Lessa, o primeiro suspeito de ter matado as moças. Sentiu o ar lhe faltar. Seria ele o assassino? Teria um homicida lhe dedicado versos? A ideia lhe deu vertigens!

— Não, mulher, que ideia! — disse Teresa. — Eu já falei que aqueles rapazes não são capazes de matar nem uma mosca! Judite, diga a vosso pai que eu volto amanhã cedo. Levarei o burrico, mas o trarei de volta. Convença-o de que não o roubei! Só preciso de uma montaria.

Judite garantiu que faria aquilo.

— Nós confiamos em ti, Teresa!

O recém-chegado

Por aqui lavrou uma mania de daguerreotipar-se...
(Álvares de Azevedo, carta à mãe)

Maneco examinou o autorretrato tirado pelo recém-chegado. O vaidoso Tancredo Vito, que acabara de chegar d'além-mar, ajeitou os impecáveis punhos de renda e sorriu cheio de orgulho.

— Linda imagem, não?

— Sim, Tancredo... E em pessoa também fazes boa figura: a temporada parisiense te fez bem.

— Entre outras coisas, aprendi a daguerreotipar. O que achas, Guimarães?

Bernardo o mirou com despeito.

— Acho que isso é uma coisa mecânica, a que falta arte.

O moço riu, ajeitando a manga da casaca. Era ainda mais vaidoso que Maneco. Tinha até um cravo à botoeira. Vez por outra, uma abelha mais faminta rondava a flor.

— Isto aqui é mesmo uma terra perdida — dizia o recém-chegado. — Até os insetos são intrometidos!

Maneco se divertia.

— Não há abelhas em Paris?

— Há. Mas são mais reservadas!

Estivera em Londres, Nápoles, Veneza e até mesmo no Oriente. Agora ele estava de volta, cansado do Velho Mundo. Trouxera de Paris aquele método inusitado de capturar imagens, o daguerreótipo. Tinha os dedos compridos esfolados pela ação química dos sais de prata que recobriam as placas de cobre onde as imagens se fixavam. Pretendia ganhar dinheiro com o que chamava de passatempo. Em São Paulo, ele instituiria a mania de "daguerreotipar".

— Falem-me mais do tal bandido! Só se falava disso no navio! É verdade que matou também um português?

— Sim, um pintor, a quem decerto queria incriminar. Mas eu cá não engulo essa patacoada.

— Por que patacoada? Me parece bastante lógico, Azevedo. Fosse outro o assassino, por que ele se daria ao trabalho de incriminar alguém? Se voltaria a matar!… Ele não assassinou outra ainda, depois da morte do pintor? O pintor morto de nada lhe serviria.

— De fato. Cá para mim, o assassino tinha planos de parar com a matança. Decerto tinha medo de ser descoberto, mas não resistiu à própria sede de sangue. Estamos falando de um maníaco que mata à toa… O assassínio, para ele, é uma compulsão. Mas tudo isso são conjecturas, nada se sabe dele de fato. Até agora foram três mortes. Ele segue um método. Escolhe uma mulher, espanca, mata, corta a garganta, como se quisesse calar sua voz, e depois abandona o corpo nalgum ermo — disse Maneco.

— Como um vampiro.

— É um ritual macabro. Mas eu não acredito em assombrações. Como eu disse, é um assassino fleumático: tem um método.

— Um maníaco com método? Deve ser um tipo muito perigoso.

— Junto à última vítima, encontraram uma estranha adaga de lâmina ondulada. Na verdade, pregada no peito dela com um aviso: "Vou matar outras mais", ou coisa que tal.

Maneco rabiscou rapidamente um desenho. Tinha o traço firme, por isso Tancredo reconheceu imediatamente a ilustração.

— É um cris.

— O quê?

— Uma espécie de espada malaia, só que mais curta, utilizada em sacrifícios. Vi um desses no museu do Louvre, em Paris.

— E tem mais — acrescentou Maneco.

A um gesto de Maneco, Bernardo descobriu o retrato a óleo da primeira vítima.

— *Voilà*!

Tancredo aproximou-se da pintura.

— O que vem a ser isso?

— Apresento-te uma das vítimas. O Gontijo Feijó descobriu que ela se chamava Ana Gil Madeira, vulgo Cochicha.

— Onde vocês conseguiram o retrato?

— A mãe dela nos deu. Em troca de alguns tostões. A figura no quadro está exatamente na mesma posição em que a primeira vítima do assassino foi encontrada — Com a ponta do dedo, Maneco indicou o desenho. — Inclusive o cenário é o mesmo. Ele reproduziu a cena da morte da moça, como se fosse um grande feito.

***

Quando Teresa chegou, abrindo a porta num repelão, Tancredo Vito imediatamente tomou-se de admiração por ela.

— Quem é?

— Teresa — disse Maneco, sorrindo. Quando ela trocou de emprego, não imaginava que sentiria tanto sua falta.

— Maneco — gritou ela, jogando-se em seus braços. — Que felicidade encontrar-te são e salvo! — Teresa mirou-o de alto a baixo, apalpando-lhe os braços, como que se certificando de que estava tudo em seu lugar. — Graças a Deus estás inteiro! Receei encontrar-te morto!

— Por que, mulher? — espantou-se o poeta.

— Por quê? Porque és abelhudo, Maneco! Porque andas a assuntar por toda a vila sobre a morte das moças! Até o Marquês tu mandaste meter o bedelho em tudo! E eu bem sei que o matador atacou de novo!

— Ora, eu não tenho valor para o assassino. Ele só mata mulheres.

O recém-chegado Tancredo Vito não tirava os olhos de Teresa.

— Azevedo, por que não me disseste que conhecias uma deusa? Quero retratá-la, sem demora! Assim a alma dela será minha!

Teresa, ainda enlaçada a Maneco, voltou-se para ele.

— Quem é esse?

— Tancredo Vito, um seu criado — apresentou-se, fazendo uma reverência e tomando a mão da moça. — É uma honra.

— Senhor Tancredo Vito, se acha uma honra beijar mãos sujas, não se faça de rogado. Cavalguei por três horas até chegar aqui! Estou sentindo-me eu própria uma montaria. O animal encharcou-me de suor, das saias ao cabelo.

Os moços caíram na gargalhada. Tancredo não se alterou. Aquela moça não tinha papas na língua. Falava como um estalajadeiro.

— Faço retratos em daguerreótipo. Seria um privilégio tê-la como modelo.

Ele tinha um sorriso alvo e bem tratado. A experiente moça conhecia o tipo. Não era diferente dos outros estudantes. Todos seguiam uma linha mestra: eram boêmios e insolentes.

— Do que ele está falando, Maneco?

— De um novo método de se retratar, semelhante à pintura, mas mais realista. Capta imagens por meio de um processo químico.

— É seguro?

— Sem dúvida! — adiantou-se o estranho.

— Paga bem?

— Pago o quanto for necessário.

— Dinheiro não lhe falta — explicou Bernardo. — Assalta a bolsa do pai todo santo mês. É mais assíduo que o esmoleiro da igreja!

— Então, moço, estou à sua disposição. Depois de um bom banho, é claro!

Teresa voltou-se para Maneco:

— Ouvi dizer que mataram outra moça. É verdade?

— Sim. Ele matou. O mesmo assassino que tirou a vida das outras duas. É um maníaco, que mata sem motivo, apenas pelo prazer de matar.

Ela sentiu um arrepio. Alguém que matava por gosto! Nunca ouvira falar disso!

— Há dementes no mundo, Teresa. Esse é um deles.

Sentindo que fora deixado de lado, Tancredo Vito lia os versos rabiscado na parede.

— Um homem como esse não passa de um louco — disse o recém-chegado. — É muito difícil prever o que ele vai fazer. Mas eu tenho uma ideia.

A afirmação interessou a Maneco.

— O quê?

— Ele só mata mulheres, não é?

— Sim — confirmou Maneco. — E mulheres de baixa extração.

— Vocês se consideram homens do mundo, e são tão cheios de pudores! — riu Tancredo. — Mulher de baixa extração é um eufemismo para prostituta, não é?

Havia uma banqueta torta a um canto. Teresa sentou-se.

— Sim — respondeu Maneco.

— Qual é a tua ideia? — quis saber Bernardo.

Tancredo fez uma pausa calculada. Aproximou-se de Teresa e, com as duas mãos, simulou enquadrar uma tela. Depois, erguendo o polegar, calculou as dimensões de seu rosto.

— A senhorita tem as medidas perfeitas! É o sonho de um pintor! Ou de um daguerreotipista, como eu!

— Alguém que não tem talento para pintar e se vale de meios mecânicos — provocou Bernardo.

Tancredo lhe fez um gesto indecente.

— Desembucha logo a tua ideia — pediu Maneco. — Teresa precisa de um banho!

O recém-chegado recuou dois passos e ergueu as mãos teatralmente.

— Que tal espalhar retratos de Teresa por toda a cidade? Isso atrairia a sanha do matador!

— Usar a mim como isca? O senhor por acaso não tem juízo?

— Seria por uma causa nobre! O que achas, Azevedo?

— Quem tem que achar é Teresa, não eu.

— Eu acho que não é má ideia — Bernardo considerou.

— O que tu achas não me interessa — disse Teresa. — O éter está queimando os teus miolos!

Ela se levantou, ofendida.

— Maneco, manda um desses cavalheiros encher a tina! E com água limpa! Agora que eu sei que estás bem, posso voltar para casa. O trabalho me espera! Mas antes preciso de um banho! E depois raspem daqui, senhores. Eu e meu Maneco temos muito o que falar!

Tancredo se inteira do caso

Amo as mulheres e odeio o romantismo
("Macário")

— O que ela faz? — perguntou Tancredo, enquanto ajeitava o equipamento no seu quarto da república, que consistia num cavalete parecido com os de pintura e um aparelho grande e pesado, que Bernardo teve que ajudar a colocar sobre a cama.

— Trabalha em casa de família — respondeu Bernardo. — Lembras do judeu Efraim?

— Como poderia esquecer? O vendeiro. Tinha uma linda filha.

— Judite. Teresa faz as vezes de arrumadeira e dama de companhia da moça, que está para se casar com um rabino que vive na corte.

— Desperdício. Vai cobrir a cabeça com um lenço de matrona e reservar sua beleza para o marido.

Com o nó dos dedos, Bernardo bateu no caixote de madeira.

— Como funciona essa coisa?

—Tem cuidado, seu bugre! Isso é delicado!

—A imagem decerto é captada por essa lente?

— Sim, e revelada dentro da caixa-preta. Depois, é fixada nessa chapa de cobre.

Bernardo sopesou-a na mão:

— Pesada.

— A imagem se forma depois que a chapa é revestida por sais de prata e vapor de iodo. É basicamente isso.

— Química. Por isso eu digo que não é arte. O que se pode explicar não expressa a grandeza da pintura, ou da poesia.

— Um dia essa técnica será tão difundida que substituirá a pintura, Bernardo Guimarães! E a poesia, com suas imagens desgastadas, será substituída. Nenhum verso poderá ter essa plasticidade.

Tancredo tirou um retrato de uma pasta de veludo. Era a imagem de uma linda moça com os joelhos descobertos. Bernardo admirou-a, mas ficou calado. Não queria dar esse gosto ao almofadinha do Tancredo.

— Bonita.

— Bonita? É um *biscuit*! Em Montmartre, gabava-se de já ter se deitado com duzentos homens.

— Vejo que travaste boas relações na Europa.

— Até o meu pai descobrir, e mandar os capangas dele me buscar. O velho cansou-se de me mandar dinheiro. Pensava que eu estava matriculado na Sorbonne! Podes imaginar? Ajuda-me aqui!

Era um baú pesado, que os dois ergueram a custo.

— Aqui dentro há dezenas de retratos. Penso em fazer uma exposição. Mas onde? Só se for na corte. Pelo que eu vi, a Pauliceia continua a mesma cidade morta. Ou, no máximo, sonâmbula!

— Aqui se morre de *spleen*, Tancredo.

— Comigo de volta, não! Isso acabou, Guimarães! O que havia para se fazer? Os bailes da Concórdia Paulistana, as missas, o trote nos calouros! Eu trouxe a modernidade para estas plagas!

— Tu e o assassino. Ele, sim, espantou o tédio. Desde que matou a primeira vítima, a cidade anda alerta. Ninguém mais dorme.

— Falava-se disso no navio, a caminho para cá. Um maníaco à solta, e a polícia, um bando de entrevados, não consegue nem chegar perto dele. A guarda policial só serve para caçar escravos fugidos. Aliás, a escravidão, essa chaga, continua infectando a nossa sociedade adormecida.

— As coisas aqui não mudam.

— Hão de mudar. Se pegarmos esse maníaco homicida, Guimarães, teremos a cidade a nossos pés! Seremos reconhecidos até na corte! Sabes que o imperador é um daguerreotipista amador? É ávido por novidades! Anda, me ajuda aqui com este baú! Quero tirá-lo do caminho. E, enquanto trabalhamos, me fala mais desse matador. De quem era o corpo que tu e o Azevedo encontraram na chácara da Freguesia do Ó, afinal? Se não era o assassino, quem podia ser o morto?

Bernardo começou a contar tudo o que sabia, os detalhes que Maneco havia omitido.

A intimidade de Maneco e Teresa

Oh! ter vinte anos sem gozar de leve
A ventura de uma alma de donzela!
("Ideias íntimas")

A água tépida da banheira improvisada reanimou Teresa. Suas cadeiras castigadas pelo vaivém das ancas do burrico começaram a relaxar. Com um suspiro, ela recostou-se à borda da tina e descansou a cabeça entre os braços.

— Obrigada, Maneco. És mesmo um cavalheiro.

— *My pleasure.*

— Não entendo esse teu amor por armas — disse ela, apontando a carabina de cano retinto que o poeta deixava atrás da porta.

— Nunca se sabe quando elas serão úteis.

Ele rabiscava algo na pesada escrivaninha de jacarandá. Era o único móvel decente do quarto, que, assim como o resto do casarão conhecido como Chácara dos Ingleses, caía aos pedaços. Rabiscadas de alto a baixo, nem as paredes se salvavam.

— O que é "Macário"? — perguntou ela, lendo a inscrição na parede.

— Uma peça de teatro que rascunhei.

— E a poesia, Maneco? Esqueceu-te dela? Fazes versos tão lindos!

— Um poeta no mundo tem apenas o valor de um canário de gaiola.

Teresa correu os dedos pela parede, lendo os versos desalinhados:

— "Alma de fogo, coração de lavas/Misterioso bretão de ardentes sonhos..." Que lindo isto! Mas o que é "bretão", Maneco?

— Quem vem da Bretanha. Isso é de um poema longo, em três partes, em que estou a trabalhar. O bretão a que me refiro é Lorde Byron, o maior dos poetas. Mas a poesia fala de outra coisa, de um certo conde, Lopo era o nome dele...

— E é ele quem tinha a tal "alma de fogo"? — interrompeu Teresa, percorrendo com a ponta do dedo o colarinho da camisa de Maneco.

Cheio de verve, o poeta afastou-se da tina.

— Ele e outros mais — bradou Maneco. — Almas indomáveis, águias que, na terra, ante os homens, são escarnecidas. Mas no ar são imbatíveis! Alçam o maior dos voos, o voo do espírito!

Ela mirou-o com ternura.

— Para mim, tu és a verdadeira Alma de Fogo. Por trás desses modos de bom moço, dessa carapaça de letrado, sei que és indomável. És diferente, Maneco.

— Sou um pobre estudante...

— Não. És mais do que isso. E teu nome há de ficar gravado na memória dos outros. Mas me fales mais do tal Lorde Byron... se era lorde, era um fidalgo... gosto de fidalgos.

— Byron foi o maior dos poetas. Além dele, apenas Shakespeare.

— Falas de coisas que não entendo. Quem foi esse tal de... Shake...?

— Shakespeare. Um dramaturgo. Escritor de teatro.

— Nunca fui ao teatro.

— Não me admira. Em São Paulo não há nada que preste. O teatro me arrebata, Teresa. Quando vou em férias à corte, não perco uma representação de drama ou comédia.

— Aqui há bons espetáculos, Maneco. Os estudantes gostam.

— Porque são uns bugres. Aqui temos apenas os dramalhões da Sociedade Dramática Constância. Nunca vi coisa tão ruim! E os recitais da Filarmônica, então... as moças grasnam como patas! Cantam sofrivelmente mal. Mas isso é outra história. Mesmo na corte, os espetáculos que prestam são poucos. É uma miséria o estado do nosso teatro. Só temos o João Caetano e a Ludovina. Na corte o teatro conta com uma subvenção do Tesouro Imperial. João Caetano é vivo: ganha mesmo é com a realização de bailes de Carnaval. Chega a lucrar de 14 a 15 contos em apenas três dias!

— É uma fábula!

— Cada ingresso é vendido por dois mil-réis.

— Nossa mãe, dois mil-réis? Estás mofando de mim!

— É isso mesmo. E são disputados a tapa. Quem compra quatro tem direito a um camarote. Os bailes são animados por orquestras.

— Devem ser lindos. Tu me levas um dia?

— Se eu viver até lá...

— Bate na boca, Maneco. És bem-nascido, bem-educado. Tens tantos anos pela frente...

— É necessário empreender trabalhos dramáticos. Traduzir, e bem, Calderon, Lope de Vega, Sheridan, Molière, Shakespeare! Não é possível ignorar Shakespeare!

— Não entendo patavina do que tu falas.

— O povo precisa de educação.

— Isso precisa mesmo. Sabes onde os escravos andam a esvaziar os potes de excrementos? Nas ruas, porque ficam com preguiça de procurar o curso d'água mais próximo.

— Eu falo de outro tipo de educação, Teresa. A educação do espírito, dos sentidos. Mas tu tens razão: além de mal-educado, o povo é porco. A imundícia se acumula nas esquinas! O resultado disso são as epidemias: a peste bubônica, a malária, o tifo... Aliás, o nome e o sobrenome dos brasileiros deviam ser assim: João da Silva Tifo... José de Castro Bubônico... Nunca vamos nos livrar da sujeira que nos empesteia, Teresa!

— Não mesmo. E os escravos dos ricos são os piores, porque têm o rei na barriga.

— O rei, e vermes! No lugar do imperador, deveríamos era entronar um verme. Sua Majestade Verminolência I. Estaríamos mais bem arranjados.

— Não sejas cruel. O imperador é bom.

— De fato. Mas não tem a coragem do pai, o primeiro Pedro. Ele é um diletante, sabias? Ama as artes, a pintura. Mas o povo é crasso. Não passamos de bugres, Teresa.

Os dedos de Teresa riscavam a água, fazendo pequenas marolas. Ela vestia apenas uma camisola de algodão emprestada por Maneco. Era tão linda!

— Estás linda, Teresa. Viçosa, corada... A vida no ermo dos judeus está te fazendo bem!

— Corro atrás de galinhas o dia todo.

— E a famosa Judite?

Fingindo braveza, ela jogou-lhe água.

— Estás interessado nela, Álvares de Azevedo?

— Prefiro a tua beleza meridional.

— Ela é educada. Vai se casar em breve. Coitada... sofre.

— Se a visse de novo, o Tancredo bem que gostaria de tirar o retrato dela.

— O teu amigo Tancredo é um grosseirão.

Maneco não defendeu o amigo. Tancredo, ao saber que o assassino buscava apenas prostitutas, tinha sugerido que Teresa o atraísse. Ela não era burra. Entendera tudo.

— Ele chamou-me de rameira.

— Não!

— Não disse com todas as letras, mas foi o que quis dizer. Fazer-me de isca para um assassino... Por que ele não pede isso à mãe dele? Decerto porque o assassino não quereria uma velha caquética. Porque esse sujeito não passa de um rebento de cadela.

O sortimento de insultos de Teresa era vasto.

— Almofadinha... Será que ele não tem irmãs? O assassino se babaria por uma delas, tenho certeza. Se são como ele, devem usar perfumes caros, vestidos de seda... Tu viste? Nunca vi homem tão arrebicado... parece uma donzela... Vou lhe dizer para tomar cuidado com o sol, para não lhe crestar a pele... O canalha.

— É um bom rapaz, Teresa. Não falou por mal.

— Chamou-me de rameira. Nesta terra, Maneco, quem não tem dinheiro é ofendido.

Maneco calou-se. A moça estava certa, sabia disso. Ele mesmo não a apresentaria a sua mãe, mas preferia não pensar nisso.

— Então não vais aceitar a sugestão dele?

— O que achas, Maneco?

— Acho arriscado.

— Não quero ser degolada. Ou coisa pior. Dizem que o maníaco, como tu falas, faz coisas terríveis com os cadáveres!

— É melhor saíres da água, Teresa... ou vais ficar mais enrugada que a mãe do Tancredo.

A gargalhada que ela soltou retumbou pelo quarto. Quando se levantou, espalhando água por todo lado, os ombros ossudos apontavam no tecido grosseiro. Deixando a marca dos pés molhados no assoalho rústico, beijou Maneco.

***

Teresa voltou para casa mais tranquila. Além disso, descansada, com o espírito sossegado por ter visto que Maneco estava ileso. O jovem poeta tinha o dom de refrescar-lhe o espírito com suas conversas sobre os espetáculos, sobre as novidades da corte. E o melhor: tratava-a como a uma igual, sem tentar impressionar. Mesmo quando ele dizia aquelas coisas sobre o vasto mundo que ela jamais conheceria, não era para humilhá-la. Os outros rapazes subestimavam sua inteligência, mas ele não. Confundiam sua simplicidade com falta de espírito, quando, na verdade, compensava o que a pobreza tinha lhe negado em berço e estudo com um dom inato, que desenvolvera à sombra dos próprios estudantes. Aqui e ali, aprendera coisas. Sabia rir de uma boa pilhéria, apreciar um verso delicado.

O burrico cumpriu as quatro léguas num trote valente. Antes do entardecer, ela já estava de volta à casa de Efraim.

Judite a esperava impaciente.

—Viste a morta?

— Claro que não, criatura! Que ideia!

— E os estudantes? Por onde andaste? E o criminoso? O chefe de polícia contratou mateiros para apanhar o assassino?

— Calma, uma pergunta de cada vez. Nem sei por onde começar...!

Sobre mulheres e poesia

Um romance cantou de despedida
Mas a saudade amortecia o canto.
("O lenço dela")

Sete dias depois, na Chácara dos Ingleses, Teresa posava para Tancredo. Ele lhe prometera cinco mil-réis. Se soubesse que o retratista pagava tanto, teria concordado em posar logo de pronto!

— Não se mexa, senhorita!

— Este animal morto me faz coçar a pele!

— É uma estola de arminho. Custa uma fortuna.

A pele de animal era tudo que ela vestia. Maneco, esticado no canapé, tirava longas baforadas de um charuto fedorento.

— Quem pagaria uma fortuna por um bicho morto? — inquiriu Teresa.

— Maridos de mulheres ricas.

— Bem que eu podia arranjar-me com um desses. Mas não quereria um animal esfolado... eu haveria de exigir joias. Algo que eu pudesse vender depois.

— Não se mova!

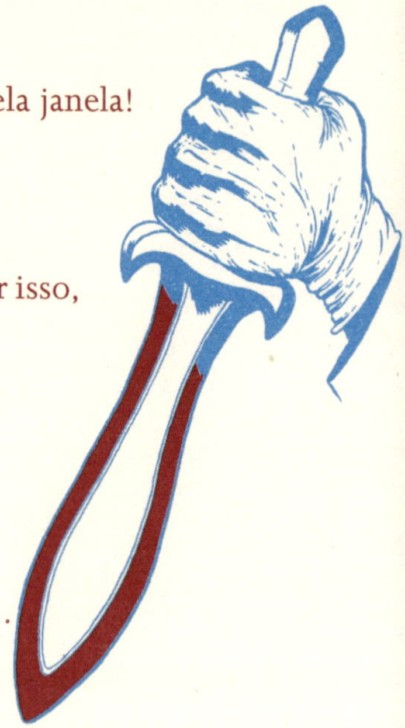

— Minhas pernas estão dormentes! E fechem aquela janela! Esse vento frio está me matando!

O retratista correu a cerrar as folhas da janela.

— Não quero que se resfrie.

— Da próxima vez, cobro mais caro. Não devo fazer isso, Maneco?

— Deves.

— No que estás pensando?

— Na quarta vítima do assassino.

O susto fez com que ela desfizesse a pose tão estudada. Tancredo soltou um grito:

— Senhorita! Já pedi que não se mexa!

Ela já estava debruçada sobre Maneco.

— E quem é a nova morta, Maneco? Uma das moças da taverna?

— Não. Não há uma nova morta. Mas pode haver. E só nós podemos evitar isso.

— Não podemos prever o futuro, Maneco — disse Teresa, sentindo uma dor danada que a fez curvar as costas.

— Senhorita, assim é impossível! — reclamou de novo Tancredo.

— Impossível é ficar horas imobilizada, como se eu fosse de pau! Agora eu sei por que cargas-d'água esse serviço tem tão boa paga! E com licença, que a minha bexiga está arrebentando!

A rebelde modelo saiu pisando duro. No afã de aliviar-se, tropeçou e praguejou, batendo a porta com tanta força que o assoalho retumbou.

— Azevedo, por que não me indicaste uma modelo muda?

— Eu não indiquei nada. Foste tu que caíste de amores por ela.

— Como é bonita! Tem um corpo pagão!

— O taverneiro que a empregava encantou-se por ela. Ofereceu-lhe casa, comida e o próprio nome. Mas ela não quis.

— Não quis porque está apaixonada por ti.

— Teresa é um espírito livre. Não é uma dessas heroínas de romance. Não nasceu para homem nenhum.

— Isso é o que dizes. Ela sonha com o dia em que se casará contigo.

— Eu não viverei até lá, amigo.

— Ainda com esses sentimentos de morte? Quando saí daqui, há dois anos, tinhas sonhos, febres. Eles continuam?

— Vou morrer cedo, tenho certeza.

— Mal completaste duas décadas de vida.

— Chatterton morreu com 17.

— Por que se matou, o insano. Tu hás de enterrar a todos nós.

— Não alimento esperanças. Sabes que nessas férias penso em visitar a família? Mamãe, minha irmã Luísa... sinto falta até do cachorro. Fiel... não é um bom nome para um cão?

— Tenho que fazer teu retrato antes que morras. Precisamos de um bem bonito, para enfeitar a cova.

— Não carece. Sabes o que eu quero escrito na minha lápide? "Foi poeta. Sonhou e amou na vida."

— Não é apropriado. Além de poeta, és investigador. Estás te saindo muito bem!

— Nem me fales de novo que queres usar Teresa como isca! Esse homem é perigoso, Tancredo.

— Se espalharmos o retrato de Teresa pela cidade, ou se o fizermos publicar n'*O Piratininga*, tenho certeza de que o matador ficará se pelando para degolá-la!

— Mede as tuas palavras, Tancredo. Queres aguçar o instinto assassino de um homicida usando uma inocente? Por quê? Por que ela não tem família? Teresa é um ser humano, seu animal!

O retratista ficou vermelho.

— Não é isso que eu estou querendo dizer! Não sou desumano! Quero apenas impedir que esse maníaco continue matando!

— Tu queres é ficar famoso. Só isso.

— Azevedo, assim tu me ofendes!

— Tancredo, arruma tua tralha e raspa-te daqui com essa geringonça.

— O quê? Não posso carregar tudo isso sozinho.

— Arruma um escravo de aluguel.

— Azevedo... estás apaixonado!

Maneco sentiu as orelhas pegando fogo.

— E tu és uma besta!

Com raiva, Maneco atirou o que restava do charuto aceso no amigo.

— Cuidado, Azevedo! Não vás incendiar a república!

Tancredo saiu, fechando a porta com estrondo. Maneco sacudiu a cabeça. Apaixonado, ele... só se fosse pela poesia! Teresa era linda como uma flor de maracujá, mas ele não podia se dar ao luxo de amar. Precisava ter a cabeça fria para descrever o amor em seus

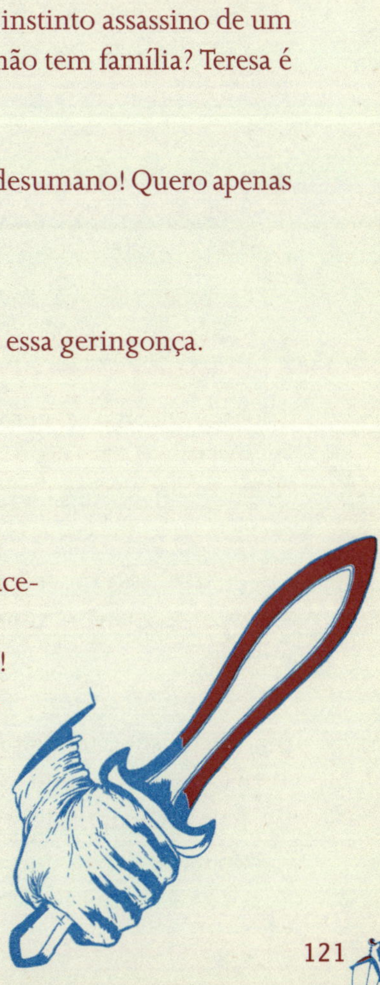

versos. Um dia lera os versos de um estudante apaixonado. Não serviam nem para limpar um par de botas. Versos babosos, rimas repetidas... uma coisa nojenta! É necessário método para poetar. Paixão, sim, mas com medida. Além do mais, sua família jamais permitiria que ele desposasse uma órfã de pai e mãe, que precisava trabalhar para viver.

Um novo visitante atravessou o umbral da porta. Era Francisco, o "bicho" de estimação do Triunvirato, como o moço ficara conhecido na academia. O recém-chegado tinha as faces afogueadas.

—Viste assombração, Francisco?

— Não, amigo Azevedo. Tive uma visão! Uma ninfa! Vislumbrei-a entre a vegetação, vestindo uma túnica romana! Tinha asas nos pés, movia-se como um pássaro! Mal tive tempo de firmar a vista!

A porta se abriu com um repelão.

— Rapaz, não tens vergonha de espiar uma mulher dessa forma? — Com dois passos, Teresa estava diante dele, o dedo em riste. —Acaso és um desses que gostam de espiar as mulheres em sua intimidade? Eu estava a aliviar-me!

— Senhorita... perdoe-me! Eu não tive a intenção...

—A convivência com o Guimarães está te tornando igual a ele, rapazote!

O pobre calouro recuou tanto que foi dar com as costas na parede rabiscada. Estava corado até as orelhas!

—Azevedo, diz a ela que não fiz por mal! Eu tomei um atalho, seguindo uma trilha no mato!

Com pena dele, Maneco achou por bem intervir:

—Teresa, o rapaz não fez por querer.

—Tarado!

— Senhorita! — gemeu Francisco.

— Deixa-o, Teresa! — inverveio Maneco. — Ele já disse que não fez por mal!

— Estudantes! —Teresa cuspiu no chão e saiu, batendo a porta de novo.

— Essa porta ainda vai sair dos batentes — suspirou Maneco.

—Arre! Essa moça é uma onça, Azevedo!

— Mas também, que ideia, rapaz! Andar pelo mato. Não sabes que existem estradas?

—Só queria poupar tempo. Havia uma picada no meio das árvores, e eu enfiei por ela. Quando dei por mim, estava diante da moça. A nudez dela estava coberta apenas por um lençol! Como é linda!

—Isso não tenho como negar.

Maneco encheu uma caneca com água da moringa e deu ao moço.

— O que contas de novo, Francisco?

— Vestiram um bicho de mulher e o fizeram ir ao confessionário. Foi de se ver, Azevedo! O cônego Dias ficou furioso! Chamou-nos de apóstatas e coisas piores!

— Os segundanistas estão ficando cada vez mais criativos!

Os dois riram a valer. Maneco subitamente fez-se sério.

— O que foi, Azevedo?

— Essa ideia me deu outra ideia!

— Que ideia? Por que me olhas assim?

— Tu não tens um fio de barba... é imberbe feito um índio. Hás de servir!

— Do que é que estás falando, homem?

Maneco fê-lo virar de costas.

— És franzino feito uma moça...

Francisco só não recuou mais porque estava encostado à parede.

— Aonde é que queres chegar com essa conversa?!

— Tu hás de servir, Francisco! E o teu nome vai entrar para os anais da academia!

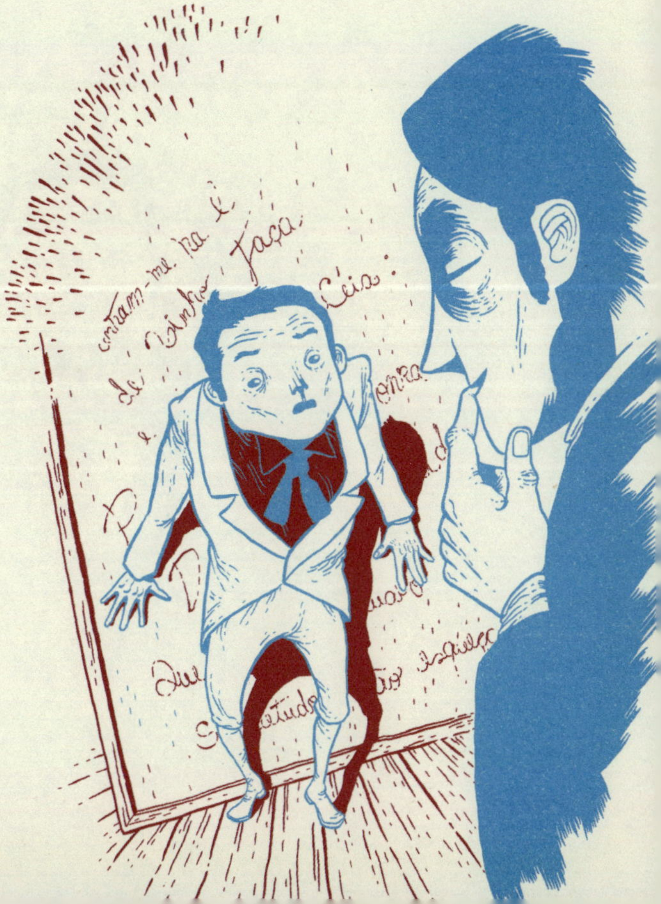

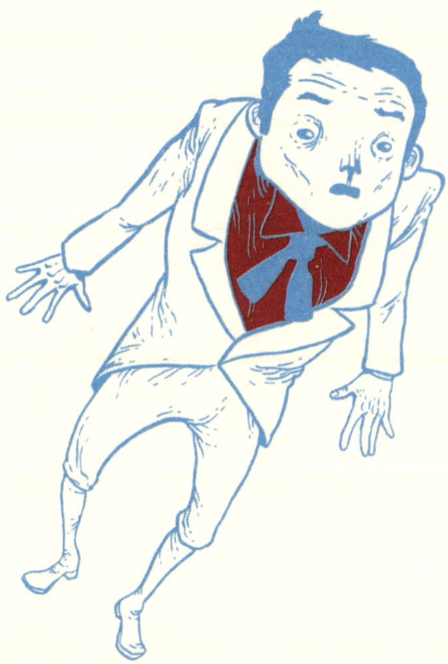

Quem será a linda forasteira?

Vagabunda de amor, és bela e pálida.
("Glória moribunda")

Era uma moça branca, que ninguém jamais tinha visto na Taverna do Corvo. Conversava com Álvares de Azevedo e Aureliano Lessa. Não se ria das graçolas que eles lhe sussurravam. Era discreta. Tal comportamento intrigava os estudantes, que, àquela hora, eram apenas seis.

Bernardo apostou mil réis que ela não daria atenção a nenhum deles.

— É bonita demais para vocês.

Cipriano Penelon alisou a basta cabeleira preta. Tinha orgulho daquela juba.

— Vais perder o teu dinheiro, Guimarães!

— Pois eu aposto cinco mil-réis.

Retocando o penteado com a mão, depois de ter lambido os dedos, Cipriano Penelon aproximou-se da desconhecida.

— Posso lhe pagar uma bebida? Já vou avisando que a bebida deste antro não é grande coisa, mas serve!

A moça sorriu. Tinha os dentes muito alvos.

— Por acaso é muda, senhorita?

Ela fez que não.

— Não me apresentam? — disse Cipriano, dirigindo-se a Maneco e Aureliano.

Maneco fez um gesto à guisa de introdução.

— Senhora Francisca, o senhor Cipriano Penelon.

Cipriano dobrou a espinha numa reverência. Maneco e Aureliano tiveram que reprimir o riso. Bernardo riu desbragadamente. Penelon não gostou nada.

— Aquele que ri feito uma hiena apostou comigo que a senhorita não aceitaria a minha companhia.

Dessa vez, os dois amigos também caíram na gargalhada.

— Má política, Cipriano — gritou Maneco do seu canto. — Como cortejas uma dama revelando que apostou o vil metal no sucesso da tua empreitada?

Finalmente a voz da moça se fez ouvir. Soava esganiçada como a desses animadores de teatro mambembe.

— Não se fazem mais cavalheiros como no tempo d'el rei!

O vinho que Bernardo entornava saiu pelo nariz.

— D'el rei!

Os estudantes riam tanto que se dobravam, estapeando-se entre si.

— Ela disse "no tempo d'el rei"! — gargalhou Bernardo. — Por quem é, criatura, não tem idade para ter conhecido um cavalheiro de tempos tão idos!

— Sou mais velha do que pareço! — retrucou a moça.

O galanteador não perdeu a chance:

— Teria que ter no mínimo três décadas de vida, senhorita! Suas faces espelham muito menos!

Ao reprimir um frouxo de riso, Bernardo teve um acesso de tosse. Cipriano Penelon ficou furioso! Assim não era possível! Aquelas maritacas estavam acabando com todas as suas chances de vitória!

— Senhorita, não faça caso desses asnos que zurram ao nosso redor.

— Não faço, não, senhor.

— Também não precisa chamar-me assim. Permita que eu me apresente como se deve: Cipriano Rodrigues Penelon. Meu pai é comendador.

— Comendador?

Penelon achou graça de tanta ingenuidade.

— Um par de Sua Majestade, o imperador dom Pedro II.

Mal ele disse isso, uma brutal gargalhada ecoou em uníssono. Até o Bugio deixou entrever os dentes estragados num esgar de sorriso.

— Com a sua licença, senhorita.

Agarrando o braço de Bernardo, Cipriano levou-o dali à ponta do balcão ensebado.

— Guimarães, isso não é honesto!

— O que não é honesto?

— Atrapalhar-me dessa forma! Se eu perder, não pago um tostão!

— Podes voltar lá. Ficarei mudo como um túmulo.

Não demorou para Cipriano Penelon voltar ao seu lugar, desta vez colocando-se ousadamente ao pé da moça, que de pronto recuou um passo.

— Por um beijo seu, senhorita, eu rastejaria por esta taverna inteira!

A moça estendeu a mão. Cipriano apressou-se em levá-la aos lábios, mas ela recolheu o braço tão rapidamente como se uma cobra o tivesse picado.

— Cinco mil-réis.

Ao ouvir a menção ao dinheiro, os rapazes ficaram sérios.

— O quê? — perguntou Cipriano, olhando em volta sem entender nada.

— Por cinco mil-réis, deixo que me beije.

Ele ainda hesitou.

— Os lábios?

— Sim — respondeu a moça, candidamente, fazendo beicinho. Cipriano não vacilou mais, já ia beijocando-a, quando ela o empurrou.

— Primeiro o dinheiro.

A assistência estava paralisada, no silêncio da expectativa. Cipriano saboreou aquele momento. Daria cinco mil-réis à moça, mas embolsaria outros cinco do Guimarães! Era bom negócio! Deu o dinheiro, que ela escondeu nos folhos do vestido, e espichou os lábios. Foi então que a taverna inteira pareceu vir abaixo numa estrondosa gargalhada.

— Nunca imaginei — disse Álvares de Azevedo — que o nosso amigo Penelon pagaria para beijar um homem!

Cipriano Penelon afastou-se dois passos.

— Homem?

A "moça" afastou as madeixas pretas das têmporas. Só então o galanteador se deu conta da farsa.

— É o bicho! O bicho de estimação do Triunvirato! Tu me enganaste, Guimarães! Todos vocês!

Encalorado, Francisco de Paula Ferreira de Rezende arrepanhou a barra do vestido. Como sofriam as mulheres! Era tanto tecido que dava para fazer cortinas!

Alguém estendeu uma caneca de vinho a Cipriano Penelon, que a virou de um trago. Ainda estava abalado! Com aquele vestido, o bicho estava uma moça perfeita! Imberbe e pálido, não acusava que era homem!

Maneco estendeu a mão ao moço, que a apertou.

— Agora Tancredo tem sua isca.

Embora satisfeito com o resultado da pantomima que tinha orquestrado, estava nervoso. O caçador seria caçado. Por isso tinha feito reunir os amigos da academia, os maiores réprobos dentre a estudantada. Estavam ali apenas aqueles em quem confiava: o Penelon e seus pares, e, é claro, Aureliano e Bernardo.

O plano era usar Francisco de Rezende como isca. Talvez não funcionasse na primeira noite, mas era o caso de esperar.

— Para onde agora, Azevedo? — quis saber Aureliano. Era o que mais queria pegar o assassino, porque fora confundido com ele.

— Para a rua da Palha.

Era a rua dos prostíbulos. Ele deu o braço a Francisco.

— Senhorita...

Uma nova mariposa na rua da Palha

— Por quem esperas trêmula a desoras,
Mulher da noite, na deserta rua?
("Glória moribunda")

Tua comparação é exata. A meretriz é um cadáver.
("Macário")

Cinco noites se passaram.

Nada do assassino.

As mulheres da rua da Palha estavam intrigadas com a presença daquela michela que se arriscava tanto, com um assassino à solta. Era destemida. Ficava à garoa, caminhando com passo lento, volta e meia erguendo os pés para limpar os sapatos enlameados.

Nada a desanimava.

As verdadeiras proprietárias da rua não tinham como saber que a novata era um homem. Quando Francisco de Rezende voltava para a república da Chácara dos Ingleses, para onde se mudara a pedido de Maneco, ia moído.

— Tenho que respeitar a coragem dessas moças, Azevedo! Não é fácil ficar ao sereno batendo perna a noite toda! Meus pés estão me matando!

A adaga encontrada entre as costelas da última vítima não saía da lembrança de Maneco. Era uma estranha peça, aquela que Tancredo assegurava ser um "cris".

Fosse quem fosse o matador, era uma pessoa metódica. E ali, na modorrenta Pauliceia, vociferava Bernardo, tudo era metódico. Nada escapava ao tédio.

— Morre-se mais de *spleen* do que de morte matada! — rugia o poeta.

As faces de Bernardo ficavam cada vez mais biliosas. O fígado encharcado de álcool envenenava-lhe o organismo. O tédio da cidade contribuía mais e mais para a dissipação dos estudantes. Sem ter o que fazer, ou mergulhavam nos livros ou imergiam no torpor da bebida. Desde a aparição do assassino, as ruas estavam para os cachorros magros que fuçavam a terra atrás de restos de comida e para um ou outro escravo apavorado, obrigado a sair para realizar algum serviço urgente, como esvaziar as latrinas.

Até o Marquês descera a serra para Santos, atrás das esmolas em moeda estrangeira.

— A vila anda às moscas! — vociferara, borracho como nunca, aboletado num carroção de milho, depois da barulhenta despedida que os estudantes lhe proporcionaram.

Aureliano não tinha mais inspiração para versos; Maneco andava deprimido. Só se alegrava com as visitas de Teresa.

A última da irrequieta moça era levar a patroinha à cidade. Queria que ela visse a vida de verdade, antes que fosse casar-se no Rio de Janeiro.

— De que adianta ir viver na corte, se vai ficar encerrada na casa do esposo?

— Não fales assim, Teresa. Na companhia do meu futuro marido, minha vida há de começar.

— Enquanto não começa lá, por que não começamos por aqui mesmo? Os estudantes ficarão malucos! Não tem ideia do quanto é linda, Judite?

Judite corava até a raiz dos cabelos, que ficavam ainda mais vermelhos com o rubor do seu rosto.

— O Aureliano Lessa vai perder o norte diante de sua beleza! O Bernardo Guimarães finalmente vai ficar calado! E eu vou morrer de orgulho da minha amiga! Posso chamá-la de amiga, não posso?

— Claro que sim! És a minha única amiga, Teresa. Mas fala-me mais desse Álvares de Azevedo! É verdade que ele namora a morte?

— Que nada! Adora é a vida! Gosta da lua, de serenatas... não sabe tocar uma nota, mas aprecia um bom lundu. É tão inteligente, Judite, que tem a cabeça do tamanho de uma abóbora graúda!

— Grande assim?

— As mãos dele são lindas... Quando tosse, tapa a boca, e não escarra pelo chão! E o seu quarto é limpo.

As mãos sardentas de Judite ergueram-se para o céu.

— O quarto de um rapaz! Teresa!

— Que que tem?

— Não tens medo de privar da intimidade de um... homem?

As conversas sussurradas avançavam noite adentro, até que um "shiu" se fizesse ouvir.

— Silêncio! Vocês vão acordar a Rute! — ouvia-se a voz de Efraim.

Isso se repetia toda noite. Como elas não queriam ver Rute desperta, tratavam de falar mais baixo.

* * *

Maneco impacientava-se. O estratagema de travestir Francisco de Rezende não surtira resultado. Pelo contrário, o infeliz tinha virado motivo de chacota, porque é claro que a notícia não demorou a se espalhar. A estudantada passou a chamar o coitado de Chiquinha.

— Olha, lá vai a Chiquinha da rua da Palha!

— Ui, ui, ui, a teteia!

— Como balança as ancas!

Mas os engraçadinhos tinham que ser rápidos. Francisco, que já era abespinhado por natureza, irritava-se tanto que chegava a arreganhar os dentes, distribuindo valentes bordoadas.

— Que papelão, meu Deus! O que meu pai há de dizer! O velho Rezende vai morrer de desgosto!

— O velho Rezende não saberá de nada. — Maneco tentava sossegá-lo. — Todos só querem saber do assassino. Na corte só se fala disso.

— Como sabes?

— Ontem recebi carta de minha mãe.

Maneco e Francisco estavam na rua do Rosário, a caminho da academia. Num instante alcançaram o Campo dos Curros, divisando de longe a residência do cônsul Grandet, um sobrado altaneiro, que, por sua imponência, se destacava do restante do casario baixo de rótulas pretas. Ao longe, avistaram a figura volumosa do Tonicão saindo do casarão.

— Tonicão, há que tempos! — exclamou Maneco. Simpatizava muito com aquela alma simples.

Apertaram-se as mãos.

— O que fazias na casa do cônsul francês?

Tonicão começou a gaguejar. Maneco deixou para lá. Ele decerto estava lá dentro consertando coisas. Mais um de seus serviços.

— Deixa de gaguejar, homem. O que me contas do Feijó?

O enorme moço cravou os olhos em Francisco.

— O chefe de polícia disse que, caso encontre algum estudante vestido como uma mulher, há de prendê-lo por... por...

— Escândalo, por ameaçar a ordem pública, por atentar contra a moral e os bons costumes — completou Maneco, quando notou uma machucadura no braço do outro. — O que foi isso? Tu te machucaste? Está feia a ferida... parece que infeccionou...

O rapaz recolheu o braço num gesto rápido.

— Não é nada!

Maneco ergueu o braço do moço, que se desembaraçou prontamente.

— Parece... uma dentada... — observou Francisco.

— Não é dentada!

— Deixa ver cá — pediu Maneco. Estava preocupado. Sabia que a gente do povo tratava infecções com ervas que, muita vez, pioravam o caso. Certa feita vira um escravo liberto colocando areia numa ferida, para tampá-la.

Foi difícil conter o braço musculoso de Tonicão, mas ele não tinha coragem de oferecer maior resistência. Receava machucar o estudante.

— É dentada, sim — disse Maneco. — Olha a marca dos dentes... mas estranho... há um espaço vazio entre as presas... Foi um cachorro vadio? Nunca vi um cão morder assim. Geralmente, eles fincam os dentes e rasgam a carne. Com exceção dos mastins, que travam a mandíbula, imobilizando a presa. Essa me parece diferente... Tonicão... acaso foste mordido por um macaco?...

Antes mesmo que Maneco terminasse a frase, Tonicão recolheu o braço e saiu correndo.

— O que deu nele? — espantou-se Francisco.

Maneco não respondeu. Estava pensativo.

Quando os dois, a caminho da república, encontraram-se com Bernardo e Aureliano, Maneco ordenou que Francisco mordesse o braço de Aureliano, que se mostrou receoso:

— Uma mordida de bicho pode causar doenças! Talvez eu acabe hidrófobo!

Francisco também não ficou nada feliz com o arranjo:

— Por que devo morder o Lessa?

— Porque o Guimarães é mais peludo que um macaco. E, com tantos pelos a cobrir a pele, como poderei eu examinar a marca que os teus dentes vão deixar?

— O que os dentes do Francisco têm a ver com minha pele, Maneco? — intrigou-se Aureliano.

— É uma experiência que quero fazer.

Vendo que não havia outro remédio senão morder, Francisco não se fez de rogado. Cravou os dentes com gosto.

— Ai! — gemeu Aureliano, recolhendo prontamente o braço.

Maneco examinou a marca dos dentes de Francisco. As pequenas cavidades na pele eram bem claras. Tinha uma boa dentadura aquele moço!

— Exatamente como eu esperava.

— Do que estás falando?

Bernardo examinou a pele avermelhada pela mordida:

— Por pouco não sangrava!

Esfregando o antebraço dolorido, Aureliano perguntou:

— Do que se trata essa experiência, Maneco? Acaso o nosso bicho Francisco vai me infectar com alguma doença? Licantropia, por acaso?

— Não seria mau — Bernardo observou. — Já vives à noite mesmo, como um lobisomem... pelo menos não sentirias frio, coberto de pelos.

— Engraçadinho. E acaso tu sentirias um pontapé nos fundilhos?

Com os olhos fitos no chão, Maneco continuava matutando.

— Em que tanto pensas, Azevedo? — perguntou Bernardo.

— Ainda tens um pouco de éter?

— Para alguma emergência.

— Precisamos de todo éter que tu tiveres. Vamos visitar novamente a cadeia pública.

Francisco deu um pulo:

— Para quê? O Feijó avisou que, se nos encontrasse por lá de novo, nos colocaria a ferros!

— Quero ter uma conversinha com o Tonicão.

Um sono cheio de pesadelos

Aperta minha mão. Até sempre, na vida e na morte!
("Macário")

Havia pelo menos uma hora que estavam diante do prédio da cadeia pública. Bernardo batia os pés no chão para se esquentar.

— Por Deus, homem! Eu estou congelando! Minhas orelhas vão cair a qualquer momento!

— É agora. Ele está dormindo — disse Maneco.

— Como sabes?

— Não escutas o ronco?

De fato, a respiração entrecortada e difícil do assistente do chefe de polícia era muito clara no silêncio da noite.

Maneco voltou-se para Bernardo:

—Trouxeste o éter?

—Tudo o que eu tinha. Por quê?

— E o rolo de corda que eu pedi?

O novato ergueu a ponta da capa preta:

—Aqui.

— Aureliano, nós vamos na frente. Colocaremos um lenço embebido no éter no nariz dele, e, quando ele dormir, o amarramos.

— Vamos aprontar alguma para o Tonicão, Maneco? — quis saber Bernardo, rindo. Estava lembrando de um porre que deram no pobre moço, um dia. Depois o deixaram na porta da igreja matriz, nu em pelo. Foi um escândalo.

— Se minhas suspeitas estão corretas, ele é que andou aprontando, Guimarães.

Na sala, Tonicão de fato dormia a sono solto. Roncava e assobiava como um tuberculoso. Maneco cuidadosamente molhou o lenço de cambraia e, sem demora, colocou-o no rosto do rapaz, cobrindo-lhe o nariz e a boca. Tonicão levou um susto: teve um espasmo e perdeu a consciência, mergulhando num sono diferente, mais pesado. Quando acordou, estava ladeado por Maneco, Bernardo, Francisco e Aureliano. Piscando muito, perguntou onde estava.

— No teu local de trabalho, Tonicão: a cadeia pública — disse Maneco. — De onde nunca mais vais sair.

Tentou se mexer, mas seus braços estavam bem presos.

— Por que me amarraram assim, amigos?

Seus olhos, marejados pela ação tóxica do éter, estavam apavorados.

— Tonicão, agora vais nos contar tudo o que sabes.

— Do que vocês estão falando?

— Disto! — falou Maneco, dando a volta por trás dele e rasgando a manga de sua camisa.

Os três rapazes abaixaram-se para ver melhor.

Havia uma marca no braço de Tonicão, semelhante a uma mordida, mas com um espaço vazio.

— Foste mordido pela moça, Tonicão. Já sabemos de tudo. Confessa!

— Não! Isto é dentada de cachorro!

Ele deu tal impulso para se levantar que a cadeira tombou para trás. Maneco jogou-se ao chão e ficou apoiado nos joelhos, falando com o rosto quase encostado ao dele.

— Confessa, Tonicão! Do contrário, vais arder no inferno!

O rapaz começou a chorar. Os três moços entreolharam-se, sem entender nada.

— Fala a verdade, criatura! Mataste aquelas moças! Assassino! — Maneco estava transfigurado. As veias de seu pescoço estavam prestes a lhe brotar da pele.
— Confessa! Assassinaste aquelas inocentes! Monstro! Criatura repulsiva!

Um grito animalesco cortou o silêncio da noite. Por um instante, os quatro rapazes ficaram desorientados. Aureliano chegou a temer que alguma fera rondasse a casa. Mas o bramido saíra da garganta apertada de Tonicão.

— Não fui eu! Foi ele!

Maneco sacudiu-o pelos ombros com tanta força que sua cabeça bateu no chão.

— Ele quem? Fala de uma vez, maldito! Fala!

O assistente do chefe de polícia rebentou em soluços. Os quatro rapazes não conseguiam tirar os olhos dele. Nunca tinham visto um assassino antes.

— Me perdoe, senhor Azevedo... Maneco, por quem é! Me perdoem, rapazes! Eu não matei ninguém! Eu só ajudei a segurar as moças! Por dinheiro! Era ele quem sangrava e matava! Era ele!

Tossiu. Uma baba viscosa escorria de seus lábios escancarados. A face direita, apoiada no chão, envolvia-se aos poucos numa poça avermelhada.

Mesmo perplexo com a cena que tinha diante de si, Francisco de Rezende foi o primeiro a perceber o que ocorria:

— Ele está sufocando!

Não tiveram tempo de fazer nada. Tonicão, engulhando, ainda teve um último estertor, e quedou-se imóvel. Francisco afastou-se:

— Morreu?

Aureliano cutucou o corpo com o pé:

— Morreu sufocado, o infeliz. Mordeu e engoliu a língua.

Escravos com banzo ou quando eram muito castigados faziam aquilo. Era o último recurso do desespero. Uma morte horrorosa, que Tonicão preferiu à vergonha e à cadeia.

— O que é aquilo no bolso dele? — apontou Bernardo.

Era uma folha de papel. O suor do corpo moribundo manchara a tinta, mas o desenho ainda era claro.

— É um mapa!

Com um gesto brusco, Maneco arrebatou o papel das mãos de Bernardo.

— É um mapa da Freguesia de Nossa Senhora do Ó!

— Onde morava o pintor morto — Bernardo observou.

— Onde vive Judite! — exclamou Aureliano.

— Teresa — balbuciou Maneco. — O maníaco foi atrás dela!

Sacrifício ao luar

Deixai que eu morra só! Enquanto o fogo
Da última febre em mim vacila,
Não venham ilusões chamar-me à vida,
De saudades banhar a hora tranquila!
("Tarde de verão")

Havia duas covas abertas no chão de terra. As moças foram empurradas com violência. Tinham vindo na caçamba de um carroção, envoltas em grossas mantas de lã. Por um triz não sufocaram. Quando Teresa achou que Judite já não mais respirava, foram erguidas e depositadas no chão.

O raptor estava diante delas, os pés calçados em botinas elegantes.

— Há aqui um engano, senhor — rogou Teresa. — Deixe-nos ir embora!

O misterioso homem nada falou. Limitou-se a pular dentro de uma das covas, a medir sua altura. Em seguida, com um salto ágil, saiu de lá. Depois, com duas passadas largas, continuou o exame e rosnou alguma coisa. Parecia satisfeito.

Teresa estava apavorada. Já ouvira falar de lobisomens e outras assombrações. Mas aquele estranho era bem humano. E, a julgar pelas roupas, era um fidalgo!

Ao seu lado, Judite continuava desacordada. Não sabia se estava feliz ou triste com isso, pois, se a moça despertasse, pelo menos teria companhia; mas, desperta, ela poderia se desesperar ao se dar conta da situação em que estavam.

O desconhecido estendeu diante de si um tapete enfeitado com finos arabescos. Os enfeites, bem visíveis na trama, vez por outra desapareciam quando alguma nuvem cobria a lua, impedindo a passagem de sua luz. Tal efeito a fazia julgar que estava sonhando. Mas o que viu depois a deixou definitivamente desperta. O estranho pegou cuidadosamente um pequeno baú na boleia do carroção, e tirou de lá uma coleção de punhais. Teresa finalmente entendeu quem ele era.

— O senhor é o assassino das moças, não é?

Sem responder, o desconhecido continuou seu trabalho. Arrumou cuidadosamente os punhais, deixando-os bem alinhados.

Ela soluçou. Era muito jovem para morrer.

— O que vai fazer conosco?

Agora ele experimentava a extremidade aguçada de um dos punhais na ponta do dedo. Uma gota de sangue aflorou junto à unha. Meu Deus! Era um demente! Teresa tentou desesperadamente se soltar, mas os nós eram muito firmes. Desde o início, quando invadira a casa de Efraim, ele sabia o que queria: as duas moças. O velho judeu caíra inconsciente a uma paulada. Rute nem sequer tinha acordado.

— Mãe... Minha mãe?... — era Judite, que despertava.

Graças a Deus, pensou Teresa, ela não estava morta! Mas que sina! Não seria melhor ter morrido sufocada pelas mantas de lã do que ser sangrada como um animal?

Ao ouvir a voz da moça, o homem interrompeu o que fazia, e se colocou ao lado dela.

— Deixe-a em paz! — gritou Teresa.

Ele ajeitou uma mecha do cabelo de Judite.

— Teresa... onde estamos? Tive um sonho ruim... sonhei que um bandoleiro nos raptava... Por que não consigo me mexer?

Teresa começou a chorar baixinho. Judite, prometida em casamento a um rapaz, ia morrer. Ela também ia morrer. As duas morreriam como bichos!

Ao ver aquele estranho diante de si, Judite fez menção de se levantar, mas foi um gesto meramente instintivo. As cordas a subjugavam.

— Onde estamos, Teresa?

O homem abriu a boca pela primeira vez:

— No inferno, *ma chérie*.

***

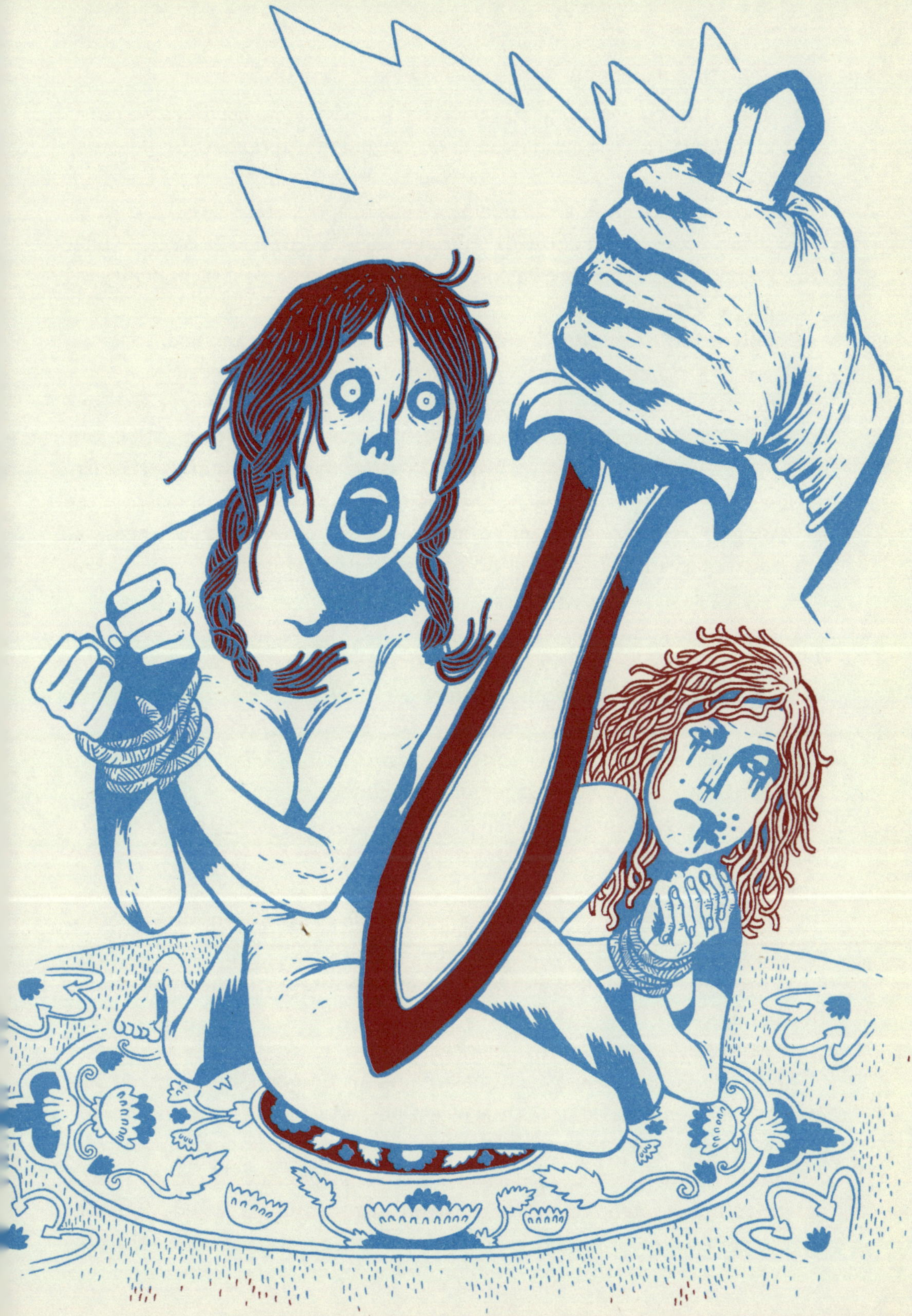

Quando o desconhecido tentou tirar suas roupas, Teresa reagiu como sabia: tentando mordê-lo. Fora criada sem mãe, e tivera que aprender a se defender sozinha.

Tudo o que conseguiu ver foi o punho fechado aproximando-se velozmente. Num átimo alcançou sua boca. Ela sentiu como se mastigasse os cacos de uma caneca de porcelana. Demorou a perceber que eram pedaços de seus dentes espatifados pelo golpe.

Depois de breve desmaio, Teresa despertou e viu que estavam nuas.

Tendo esticado um dos tapetes, o homem depunha Judite cuidadosamente a seu lado. Aterrorizada demais para se mover, ela nem sequer ousava olhar para o rosto do seu captor. Teresa, ao contrário, não tirava os olhos dele. Estava com muita raiva. Não que esperasse escapar do assassino, mas, se porventura saísse daquela com vida, estaria irremediavelmente banguela. E, desdentada, suas chances de conseguir um bom casamento diminuíam muito. "Desgraçado", pensava, enquanto seu paladar acusava o gosto do sangue em sua língua.

A primeira a morrer seria Judite.

O assassino ergueu a adaga. A luz da lua incidiu sobre a lâmina. Nesse momento, Judite abriu os olhos e gritou. Isso fez com que o assassino hesitasse, mas foi apenas um instante. Ele empunhou de novo a estranha faca, com os olhos frios a fitar o vão dos seios da moça. Teresa teria que vê-la agonizar. Preferia não ter olhos naquele momento, para não ser obrigada a ver.

Foi então que escutou um estampido seco. Um tiro!

O impacto jogou o desconhecido por cima dela, o que tirou o seu fôlego. Era um homem grande, e a morte o fazia ainda mais pesado.

— Ajudem-me aqui!

Era a voz de Maneco! Com uma das mãos, ele fez rolar o corpo do assassino, cujo rosto quedou-se de borco, as feições escondidas na terra batida. Com a outra mão, que recarregava a carabina Dreyse, hesitava entre largar a arma e ajudar a moça.

— Maneco!

Álvares de Azevedo estava diante dela, com seus amigos. Ela reconheceu Bernardo, o bicho Francisco e o retratista recém-chegado, como era mesmo o nome dele? Não recordava. Não fazia mal. Estava viva.

E atrás dela, soerguendo-a pelas axilas, Aureliano, que, mesmo ocupado, não tirava os olhos do corpo nu de Judite. Na pressa para amparar a linda judia, ele largou Teresa a meio caminho. Não fosse por Maneco, ela teria ido ao chão.

— Maneco...

— Teresa...

Teresa sorriu, sentindo vergonha por estar desfigurada. Ao lado dela, Aureliano tirava a capa, apressando-se em cobrir a nudez de Judite.

— Judite, este é Aureliano Lessa — disse Teresa, enquanto Maneco a abrigava em seu próprio agasalho. — O seu famoso admirador.

— Azevedo! — gritou Bernardo. — Acode aqui!

Teresa deu um grito. Maneco rapidamente terminou de recarregar a carabina, pronto para um novo disparo.

— O assassino — balbuciou Bernardo Guimarães. — O assassino...! Vê quem é!

E, com as duas mãos, virou o corpo, que continuava de borco, a cara enfiada na terra.

A luz da lua revelou, ainda que empoeirada e ensanguentada, a face alva do cônsul Alphonse Grandet.

***

A rotunda esposa de Gontijo Feijó, dona Arminda, servia café a todos. Estavam na sala: Álvares de Azevedo, Aureliano Lessa, Bernardo Guimarães e Francisco de Rezende, um rapazola que, aos olhos da senhora Feijó, era ainda uma criança. Nem barba tinha, e já estivera metido com assassinos!

O chefe de polícia estava radiante.

— Quer dizer então, Azevedo, que suspeitaste do Tonicão por causa de uma mordida! Uma dentada levou ao assassino: o cônsul Alphonse Grandet. Quem diria... Um homem tão importante, tão devoto, tão inteligente, tão ilustrado, tão...

— Tão cruel — ajuntou sua esposa. — Aquele homem era mesmo muito estranho... Jamais gostei dele. Não podia com aquele ar de empáfia, o nariz empinado! Nem cumprimentava as pessoas! Imaginem só! E era um facínora. Só tenho pena da mulher e da filha.

Laurita e a mãe, dona Adèle, àquela hora atravessavam o Atlântico rumo a Paris, com a marca da vergonha no rosto e nos vestidos de luto. Doravante, para onde fossem, seriam apontadas na rua. Era o tipo de coisa que ninguém esquecia. Eram mulher e filha de um maníaco.

— A segunda vítima não tinha os dentes da frente — explicou Maneco. — Lembrei-me do exame do corpo realizado pelo doutor Macedo. O que o Tonicão tinha na mão era uma mordida. Pude verificar pela marca que o Francisco deixou no braço do Lessa. A princípio achei que o Tonicão fora vítima de um macaco. No entanto, quando verifiquei a dentada do Francisco no Lessa, fiquei alarmado.

A esposa de Gontijo Feijó ficou horrorizada:

— O moço mordeu o outro?

— Mas a marca dos dentes estava incompleta — continuou Maneco, sem responder à pergunta. — Havia um vão, um espaço vazio. Só podia ser a dentada de um banguela. Juntei a isso o comportamento arredio do Tonicão, as roupas manchadas de tinta... e desconfiei.

— E, dentro do bolso, o Tonicão trazia um mapa da Freguesia do Ó, onde fica a chácara de Efraim Zacuta — esclareceu Bernardo. — Depois, foi só juntar A com B. Quando chegamos à chácara, encontramos o judeu Efraim desacordado, com um golpe no cocoruto. Foi por um triz que não se finou, o sortudo! E a velha estava na cama, entrevada. Mal conseguia se mexer. O assassino havia levado as moças. Provavelmente o Tonicão iria encontrar-se com ele na chácara.

A mulher persignou-se.

— E pensar que o Tonicão sempre vinha aqui, atrás da marmita do meu marido, quando ele precisava cear no trabalho! E comia na minha mesa, como um filho! Quando penso que abriguei o cúmplice de um assassino, tenho ânsias, de tanta aflição! Graças a Deus as duas moças não foram mortas! Graças a Deus! — repetia a todo instante, enquanto enchia os estudantes de bolos e broas.

Admirado de ver tanta comida, Francisco agora entendia por que o chefe de polícia e sua senhora eram tão gordos!

— E que pontaria, Azevedo! — continuou o chefe de polícia. — Benditas caçadas, que te adestraram a mão! O tiro alcançou o assassino bem na nuca! Esplêndido! Esplêndido! Só lamento pelo senhor cônsul... Uma tragédia! Quem diria! Um dignitário da representação francesa! A corte ficou estarrecida! O porta-voz do imperador assegurou que Sua Majestade em pessoa estaria à disposição das famílias das vítimas.

— Com exceção da Cochicha, elas não tinham família — disse Maneco. — As infelizes eram escolhidas porque ninguém daria pela falta delas.

O chefe de polícia assegurou que a mãe de Cochicha receberia uma indenização do governo francês.

— E o homem que procurou Teresa na taverna? — lembrou Aureliano, pensativo. — Era o cônsul, afinal?

— Não. Ela não o reconheceu como tal. Era o pintor, industriado pelo cônsul, que estava atraído por Teresa. Decerto a viu na taverna, e ficou fascinado pela beleza da moça. O infeliz Taveira foi manipulado como um peão. Quando mandou buscá-lo na corte, o Grandet apenas dava continuidade ao plano que tinha traçado — explicou Maneco. — Ele pensou em tudo. Colocou um quadro de Herculano Taveira na casa da mãe da primeira vítima, a Cochicha, encomendado por ele mesmo e despachado do Rio de Janeiro pela mala postal... Atentem ao detalhe mórbido, que compõe a personalidade doentia do assassino: ele mandou presentear a mãe com o retrato do assassinato da filha! Cruel ironia.

Horripilada, dona Arminda sentiu falta de ar. Francisco de Rezende correu a abaná-la.

— A pintura nada mais era do que a representação escarrada da primeira morte, conforme ele planejara — continuou Maneco. — Assim, não haveria dúvidas: só mesmo o assassino para saber como se dera o assassinato, com tão ricos detalhes, como a cruz e o túmulo do Feliciano. Ele arranjou um bode expiatório. Mais tarde, convenceu o pintor a ficar na chácara da Freguesia do Ó e retratar a Gambito, com temas que ele próprio escolheu. E depois o matou para forjar um culpado. Como a morta da vez seria novamente uma modelo do pintor, sobre ele recairia toda a culpa pelos assassinatos.

Por ter exagerado na comilança, Aureliano reprimiu um arroto:

— O infeliz Taveira foi enredado numa teia maldita... Ele não tinha como escapar. O assassino tinha uma mente diabólica.

Tentando catar uma pulga nas dobras do casaco, Gontijo Feijó o interrompeu:

— Mas uma coisa está me encafifando ainda... Por que raios ele se deu ao trabalho de mandar trazer o pintor para incriminá-lo, e, depois que ele foi morto, chacinou uma terceira moça? Não atino com isso...

— O mal não tem limites, senhor chefe de polícia — disse Maneco. — Ele não resistiu ao próprio instinto de assassino. E queria público. No fundo, tinha sede de aplausos. Por isso deixou aquela provocação cravada no peito da moça, avisando que ia matar mais. Tinha que continuar matando. Era sua sina.

A mão gorducha de dona Arminda colocou mais um beiju de mandioca no prato de Maneco.

— Deixemos de lado essa lucubração medonha, que me dá arrepios! — disse a prática senhora. — A hora derradeira chega para todos, meninos. Que ele tenha se arrependido de seus crimes.

Um silêncio comiserado pairou sobre eles. Mas logo a euforia de Gontijo Feijó falou mais alto:

— Que beleza! Que beleza, rapazes! Vocês agora são famosos até na corte!

— Tancredo Vito já está no Rio de Janeiro! — ajuntou Bernardo. — A essa hora, deve estar lambuzando a manopla do imperador no beija-mão! Aquele fanfarrão!

A alegria dos moços retornou. Só Aureliano não falava mais.

— A visão dos peitos da Judite deixou o Lessa mudo, senhor Gontijo Feijó! — murmurou Bernardo, à socapa, aproveitando-se da ausência de sua senhora, que fora buscar mais bolos. — Ele ficou como Davi quando viu a mulher de Urias!

O chefe de polícia riu gostosamente, prazenteiro. Sempre vivera às turras com aqueles moços, e agora eles estavam em sua casa, prestes a embarcar para a corte, todos juntos! Dali iriam a Santos, de onde a barca a vapor os levaria ao Rio de Janeiro. Dom Pedro II em pessoa os receberia. Ele calaria a boca ao *Piratininga*! Porque uma coisa ele jamais esqueceria. Apesar de suas diferenças, os rapazes — agora ele os chamava assim, folgazão, de "rapazes" — jamais disseram a nenhum jornal que ele estivera de fora das investigações. Foram leais!

Só Maneco não parecia feliz. Havia penumbra em seu rosto.

— O que foi, Maneco?

Maneco sorriu tristemente. Mirou seus amigos, um a um. Belos moços, cheios de talento, desembaraçados. Que aurora de porvir! Pensou em Teresa, em Judite. Nunca mais seriam os mesmos depois daquela aventura.

— Avante, homens! — gritou Bernardo.

Todos rumaram para a academia, onde os cavalos os esperavam. Desceriam a serra no lombo de alazões cedidos pelo imperador em pessoa!

— Ao paço de São Cristóvão!

Diante da academia, a família de Judite os esperava. Efraim Zacuta fez questão de apertar a mão aos moços, um a um. Até a mãe, Rute, estava presente, esquecida de seus achaques. Aqueles moços eram heróis, como Sansão! Que Deus a perdoasse, mas aquele Maneco, tão magricela, tão amarelo, figurava-se-lhe o próprio rei Davi!

Teresa estava com eles, com um bonito vestido de damasco verde, presente de dona Maria Luísa, mãe de Maneco, que se apiedara da triste história da órfã e enviara o mimo pelo cargueiro. Seu lindo sorriso não fora afetado pelo soco do assassino. O golpe havia apenas lascado os dentes da frente, dando-lhes um ar incisivo. O resultado era uma expressão ainda mais insolente que de costume. Ela segurou a mão de Maneco, orgulhosa. Fora dele que partira o tiro certeiro que salvara sua vida!

— Até a volta, Maneco.

— Adeus, Teresa.

Ficaram assim, mirando-se um ao outro durante um tempo, até que os cavalos afastaram-se a trote rápido. Os cavaleiros os contiveram, não queriam que chegassem esfalfados a Santos! Afinal de contas, eram bestas reais, enviadas do Rio de

Janeiro apenas para buscar os moços.

Mais tarde, São Paulo ficou sabendo que, ao descer as escarpas da serra, o cavalo de Maneco assustou-se com uma cobra, derrubando o seu ginete. Na queda, o moço machucara o osso sacro.

O *Piratininga* noticiou que, na audiência no palácio de São Cristóvão, Maneco mal teve forças para se levantar, ao que Sua Majestade replicou:

— Eu é que tenho de ficar em pé diante de vós, heróis do Império!

Nas páginas seguintes, você vai conhecer um pouco mais do cenário, da época e dos personagens dessa história. E, além de poder se deleitar com alguns dos mais significativos poemas de Álvares de Azevedo, também ficará sabendo que fatos da narrativa aconteceram realmente ou foram criados pelo autor deste livro.

Apenas uma povoação pobre

Até meados do século XIX, São Paulo não passava de uma povoação pobre, com um número de habitantes inferior não só ao de cidades importantes como Rio de Janeiro, Salvador e Recife, mas também ao de cidades menos expressivas na época, como Belém, Porto Alegre e Cuiabá.

O Rio de Janeiro era a corte do país, isto é, a cidade onde morava o imperador dom Pedro II. Por isso, desde o início do século XIX, já se mostrava urbanizada e desenvolvida. Algumas cidades do litoral nordestino, há séculos, beneficiavam-se da riqueza da cana-de-açúcar e das facilidades de contato mais permanente com a Europa ou pelo menos com Portugal. Enquanto isso, São Paulo era uma localidade sem atividade econômica de relevância, sem vida cultural expressiva. Nas palavras de Maneco, naquela época São Paulo era "um bocejar infinito".

No entanto, foi exatamente a presença de figuras como Álvares de Azevedo e seus colegas da faculdade de direito, com sua inquietação, que tornou São Paulo um lugar especial em relação ao resto do Brasil.

Rua da Palha com Ladeira de São Francisco em 1862. Na época em que se passa *Alma de fogo* (1851), a rua da Palha era famosa pelos seus prostíbulos. Foi nela que Mario Teixeira colocou Francisco de Paula Ferreira de Rezende, travestido de Chiquinha, para "fazer ponto" e atrair o *serial killer*.

A Faculdade de Direito do Largo São Francisco em 1862. Embora não pertencesse à turma de amigos de Álvares de Azevedo, na mesma época dele a faculdade teve outro aluno que se tornaria um ilustre escritor, José de Alencar (à direita), o maior romancista do romantismo brasileiro. Em 1868, outro célebre poeta romântico se matricularia nessa faculdade, Castro Alves.

O burgo dos estudantes

Em 1827, com a fundação dos cursos jurídicos no Convento de São Francisco, a cidade tem um impulso de crescimento, passa a ser chamada de Imperial Cidade e Burgo dos Estudantes de São Paulo de Piratininga.

A presença dos estudantes dá vida nova ao local. Suas roupas, seus hábitos, sua paixão pela poesia e pelo conhecimento, seu gosto pelas festas e pela serenata transformam São Paulo numa cidade com uma vida noturna mais animada.

Na década de 1850, uma geração muito especial entra nessa história: a dos escritores e poetas do romantismo, um grupo diretamente ligado ao surgimento da literatura nacional. Esses jovens questionam preconceitos e tabus, discriminações e injustiças, querem fazer sua poesia, exprimir seu modo de ver o mundo, sem se prender a padrões de comportamento.

Isso tudo podemos ver em *Alma de fogo*: nas provocações e brincadeiras armadas por Maneco e seus colegas, na ousadia de suas posturas e ações.

↑ No bairro oriental da Liberdade se localizam muitos dos cenários de *Alma de fogo*. No local do cemitério hoje se situa a Igreja dos Aflitos (foto), numa travessa da rua dos Estudantes, que tem esse nome por ter abrigado muitas repúblicas estudantis. A Chácara dos Ingleses, endereço de Maneco, é hoje a praça Dr. Almeida Júnior. A rua da Forca, onde moravam Bernardo Guimarães e Aureliano Lessa, deu lugar à praça da Liberdade. Nesse local eram executados os transgressores da lei, e acredita-se que essa mudança de nome do lugar (que acabou se estendendo a todo o bairro) se deve ao fato de que a morte era, para os condenados, o único modo de se libertar.

← O termo *Pauliceia* aparece várias vezes em *Alma de fogo* e era bastante empregado no século XIX. Mas quem eternizou essa denominação de São Paulo foi o escritor Mário de Andrade, que tanto cantou a cidade, não só no livro *Pauliceia desvairada*, mas em toda a sua poesia. Ele foi um importante líder de outra geração de poetas que, no século XX, abalou os costumes da tradicional família paulistana: os modernistas da famosa Semana de Arte Moderna de 1922.

Uma geração brilhante

O romantismo foi um movimento artístico, político, filosófico e literário surgido no final do século XVIII na Europa, mas que teve enorme influência por aqui. A geração de poetas e escritores românticos brasileiros teve papel decisivo na formação da literatura nacional, com a produção de textos que exaltavam as características próprias do Brasil, cantando suas belezas naturais e valorizando a cultura indígena.

Os poetas retratados em *Alma de fogo* refletem bem o temperamento típico do homem romântico: sede de criar e conhecer, vontade de viver plenamente, coragem de se contrapor a padrões sociais e de enfrentar preconceitos.

Vemos isso claramente na postura de Maneco, Bernardo e Aureliano. Diante da incompetência e da ignorância do chefe de polícia Gontijo Feijó, os jovens, inconformados, resolvem agir por conta própria e partem para a investigação, usando de toda sua força imaginativa para chegarem a um resultado satisfatório.

A disposição para a vida boêmia e para o debate, tão típica do espírito romântico, é outra característica marcante desses personagens, frequentadores assíduos da Taverna do Corvo.

A exaltação da figura feminina, que encontramos tão significativamente com relação a Teresa e a Judite, também é outra característica forte da literatura romântica, inclusive a que foi produzida pelos nossos três jovens — não como personagens de uma história inventada, mas como artistas, na vida real.

Gonçalves Dias foi o primeiro grande poeta do romantismo brasileiro. Seus versos expressam a paixão pela terra natal, destacando suas belezas naturais, como se vê neste trecho da famosa *Canção do exílio*, que foi aproveitado na composição do hino nacional brasileiro:

"Nosso céu tem mais estrelas,
Nossas várzeas têm mais flores,
Nossos bosques têm mais vida,
Nossa vida mais amores."

Joaquim Manuel de Macedo, personagem de *Alma de fogo*, foi outro importante escritor do romantismo. O sucesso de seu romance *A moreninha* o estimulou a abandonar a medicina para se dedicar à literatura. Em 1975 *A moreninha* foi adaptada por Marcos Rey e tornou-se novela de grande audiência da Rede Globo. Na foto, a protagonista vivida pela atriz Nívea Maria.

O Triunvirato

Aureliano José Lessa (1828-1861), Bernardo Joaquim da Silva Guimarães (1825--1884) e Manuel Antônio Álvares de Azevedo (1831-1852) foram, de fato, colegas na faculdade de direito, parceiros de poesia, amigos muito próximos. Eram inseparáveis, e por isso o grupo recebeu o apelido de Triunvirato.

Como é dito no livro, havia, por parte do Triunvirato, o interesse em publicar uma obra com a produção poética dos três autores, cujo título seria *Três liras*. O projeto, no entanto, acabou não se concretizando e todo o material próprio que Álvares de Azevedo preparou para o livro integrou futuramente o seu *Lira dos vinte anos*.

Bernardo Guimarães, que se consagrou bem depois com o seu romance *A escrava Isaura* (1875), escrevia também poemas satíricos que compunham seu bestialógico, um tipo de poesia sem pé nem cabeça que tinha como principal finalidade divertir:

Quando as fadas do ostracismo
Embrulhadas num lençol,
Cantavam em si bemol
As trovas do paroxismo,
Veio dos fundos do abismo
Um fantasma de alabastro
E arvorou no grande mastro
Quatro panos de toucinho,
Que encontraram no caminho
Da casa de João de Castro.

Nem vale a pena procurar no dicionário o sentido das palavras, pois o poema todo não tem sentido algum.

↑ *A escrava Isaura* foi um dos primeiros romances a abordar o tema da escravidão no Brasil. Adaptado para novela televisiva pela Rede Globo em 1976, foi exportada para cerca de 150 países. Só na China, estima-se que mais de um bilhão de pessoas a assistiram. O sucesso foi tão estrondoso que centenas de milhares de exemplares do romance traduzido se esgotaram em pouco tempo. Na época, muitas chinesinhas recém-nascidas foram batizadas de Isaura.

→ Além de literato, Bernardo Guimarães foi juiz, jornalista, crítico literário e professor. Sempre foi um homem modesto, tendo recusado o título de barão oferecido a ele pelo próprio imperador dom Pedro II, seu mais eminente admirador. O escritor, embora tão famoso e admirado, acabou morrendo pobre.

Já Aureliano Lessa não publicou nenhum livro em vida. Seus poemas foram todos reunidos no volume *Poesias póstumas*, lançado em 1873. Lessa não terminou seus estudos em São Paulo, mas na Faculdade de Olinda, em Pernambuco. Depois, trabalhou como procurador fiscal, em Ouro Preto, e como advogado, em Mariana, ambas cidades mineiras. Infelizmente não há registro fotográfico dele.

O poeta mineiro pretendia escrever principalmente para o povo, buscando por isso uma forma simples de se expressar:

Tristeza

Dizes que meu amor te encanta a vida
Teus alvos dias, teus noturnos sonhos:
Mas tens a face de prazer tingida,
Teus lábios são risonhos!

Não podem florescer o amor e o riso
Nos mesmos lábios da paixão o fogo
Mata as rosas do rosto, de improviso
Gera a tristeza logo.

Olha: minh'alma é pálida e tristonha.
Minha fronte é nublada e sempre aflita.
Entretanto, uma imagem, bem risonha
Dentro em minh'alma habita.

Mas esse ermo sorrir que tenho n'alma.
Não é como da aurora o riso ardente:
É o sorrir da estrela em noite calma.
Brilhando docemente.

Ah! se me queres a teus pés prostrado.
Troca o riso por pálida beleza:
Mulher! torna-te o anjo que hei sonhado.
Um anjo de tristeza!

A sensibilidade exagerada e o tom melancólico, dramático, que aparecem nesse texto, são características marcantes da geração romântica da qual fez parte Aureliano Lessa.

Logo após o primeiro assassinato do livro, num diálogo com seu assistente Tonicão, o chefe de polícia Gontijo Feijó se refere à Sociedade Epicureia, atribuindo a ela a culpa pelo crime, especialmente a Aureliano Lessa. Feijó explica a Tonicão que se trata de "Uma sociedade secreta. A confraria de estudantes da Academia de Ciências Jurídicas e Sociais". Segundo se conta — lenda ou verdade? —, a Sociedade Epicureia, liderada pelos estudantes do Triunvirato, escandalizava a sociedade paulistana com orgias promovidas em pleno cemitério, que incluíam ceias sobre as lápides, simulações de casamentos e de enterros, violações de tumbas e outros escabrosos rituais macabros.

Um caso à parte

Apesar da qualidade poética dos seus companheiros do Triunvirato, é Álvares de Azevedo sem dúvida alguma o maior talento de sua geração. Tanto sua sensibilidade artística quanto sua paixão pelos estudos afloraram cedo, ainda quando era menino. Na faculdade de direito, foi um estudante dedicado, acima da média, além de leitor fervoroso das obras dos poetas românticos Lord Byron (1788-1824), Alfred de Musset (1810-1857), Percy Shelley (1792-1822) e Wolfgang Goethe (1749-1832). Tais escritores exerceram bastante influência em sua produção poética, sobretudo Lord Byron. Como poeta, sempre teve a consciência criativa do esteta. Diz ele em *Alma de fogo*: "É necessário método para poetar. Paixão, sim, mas com medida".

Azevedo não chegou a concluir o curso na faculdade de direito: complicações de saúde após uma queda de cavalo o levaram à morte. Como ele mesmo tinha previsto, não duraria muito: morreu aos vinte anos!

Álvares de Azevedo aos 18 anos. A personalidade do poeta, considerada por muitos como excêntrica e original, ficou tão famosa quanto sua obra literária.

Só após a morte é que toda a produção de Álvares de Azevedo foi publicada. E os únicos escritos que ele pôde revisar foram os poemas de *Lira dos vinte anos*. Além de outros poemas e uma peça inacabada, *Macário*, escreveu um volume de contos fantásticos, chamado *Noite na taverna*, em que narra a história de um grupo de amigos que se sentam numa taverna e, bebendo vinho, começam a narrar histórias assustadoras. O livro todo é fascinante e o final, surpreendente.

A personalidade de Álvares de Azevedo geralmente esteve associada à de uma pessoa triste, melancólica, frágil, tomada pelo sentimento de morte. Se essas características correspondem de fato ao que foi o jovem poeta, não podemos ignorar outras, que, embora poucas vezes mencionadas, fizeram parte também de sua personalidade: a dedicação aos estudos, a empolgação pelos embates acadêmicos, o senso de humor, a paixão pelas folias juvenis e o gosto pela vida noturna.

É interessante notar como Mario Teixeira usou em seu livro a atmosfera de mistério e suspense própria dos autores românticos, que tinham fascínio pelo desconhecido mundo dos mortos e do sobrenatural. Não por acaso, são dessa época livros clássicos como *Drácula*, de Bram Stoker, *Frankenstein*, de Mary Shelley, e *O médico e o monstro*, de R. L. Stevenson. Se o visual dos personagens de *Alma de fogo* lembra a morbidez dos góticos, também pode ser associado ao sentimentalismo dos emos.

Alguns poemas notáveis da intensa produção de Álvares de Azevedo durante a faculdade

A T...

No amor basta uma noite para fazer de um homem um Deus.
Propércio

Amoroso palor meu rosto inunda,
Mórbida languidez me banha os olhos,
Ardem sem sono as pálpebras doridas,
Convulsivo tremor meu corpo vibra:
Quanto sofro por ti! Nas longas noites
Adoeço de amor e de desejo
E nos meus olhos desmaiando passa
A imagem voluptuosa da ventura...
Eu sinto-a de paixão encher a brisa,
Embalsamar a noite e o céu sem nuvens,
E ela mesma suave descorando
Os alvacentos véus soltar do colo,
Cheirosas flores desparzir sorrindo
    Da mágica cintura.
Sinto na fronte pétalas de flores,
Sinto-as nos lábios e de amor suspiro.
Mas flores e perfumes embriagam,
E no fogo da febre, e em meu delírio
Embebem na minh'alma enamorada
    Delicioso veneno.

Palor – palidez. (N.E.)
Mórbida – doentia; branda. (N.E.)
Languidez – abatimento; prostração; volúpia; sensualidade. (N.E.)
Doridas – doloridas; sensíveis. (N.E.)
Desmaiando – do verbo *desmaiar*: descorar, desbotar. (N.E.)
Voluptuosa – que causa deleite, gozo. (N.E.)
Ventura – felicidade; sorte favorável. (N.E.)
Embalsamar – aromatizar, perfumar. (N.E.)
Alvacentos – esbranquiçados. (N.E.)
Desparzir – exalar; espalhar. (N.E.)
Embebem – do verbo *embeber*: impregnar; infiltrar. (N.E.)

Estrela de mistério, em tua fronte
Os céus revela, e mostra-me na terra,
Como um anjo que dorme, a tua imagem
E teus encantos onde amor estende
Nessa morena tez a cor de rosa
Meu amor, minha vida, eu sofro tanto!
O fogo de teus olhos me fascina,
O langor de teus olhos me enlanguesce,
Cada suspiro que te abala o seio
Vem no meu peito enlouquecer minh'alma!

Ah! vem, pálida virgem, se tens pena
De quem morre por ti, e morre amando,
Dá vida em teu alento à minha vida,
Une nos lábios meus minha alma à tua!
Eu quero ao pé de ti sentir o mundo
Na tua alma infantil; na tua fronte
Beijar a luz de Deus; nos teus suspiros
Sentir as virações do paraíso;
E a teus pés, de joelhos, crer ainda
Que não mente o amor que um anjo inspira,
Que eu posso na tua alma ser ditoso,
Beijar-te nos cabelos soluçando
E no teu seio ser feliz morrendo!

Tez – a pele do rosto. (N.E.)
Langor – em sentido figurado: brandura; meiguice. (N.E.)
Enlanguesce – do verbo *enlanguescer*: abater. (N.E.)
Alento – vigor. (N.E.)
Ao pé – junto, perto. (N.E.)
Virações – aragens, brisas, ventos brandos. (N.E.)
Ditoso – feliz; bem-aventurado. (N.E.)

Soneto

Pálida à luz da lâmpada sombria,
Sobre o leito de flores reclinada,
Como a lua por noite embalsamada,
Entre as nuvens do amor ela dormia!

Era a virgem do mar, na escuma fria
Pela maré das águas embalada!
Era um anjo entre nuvens d'alvorada
Que em sonhos se banhava e se esquecia!

Era mais bela! o seio palpitando...
Negros olhos as pálpebras abrindo...
Formas nuas no leito resvalando...

Não te rias de mim, meu anjo lindo!
Por ti — as noites eu velei chorando,
Por ti — nos sonhos morrerei sorrindo!

No túmulo do meu amigo João Batista da Silva Pereira Júnior

Epitáfio

Perdão, meu Deus, se a túnica da vida
Insano profanei-a nos amores!
Se à coroa dos sonhos perfumados
Eu próprio desfolhei as róseas flores!

No vaso impuro corrompeu-se o néctar,
A argila da existência desbotou-me!
O sol de tua glória abriu-me as pálpebras,
Da nódoa das paixões purificou-me!

E quantos sonhos na ilusão da vida!
Quanta esperança no futuro ainda!

Tudo calou-se pela noite eterna...
E eu vago errante e só na treva infinda...

Alma em fogo, sedenta de infinito,
Num mundo de visões o voo abrindo,
Como o vento do mar no céu noturno
Entre as nuvens de Deus passei dormindo!

A vida é noite: o sol tem véu de sangue:
Tacteia a sombra a geração descrida...
Acorda-te, mortal! é no sepulcro
Que a larva humana se desperta à vida!

Quando as harpas do peito a morte estala,
Um treno de pavor soluça e voa:
E a nota divinal que rompe as fibras
Nas dulias angélicas ecoa!

Saudades

'Tis vain to struggle — let me perish young!
Byron

Foi por ti que num sonho de ventura
A flor da mocidade consumi,
E às primaveras digo adeus tão cedo
E na idade do amor envelheci!

Vinte anos! derramei-os gota a gota
Num abismo de dor e esquecimento...
De fogosas visões nutri meu peito...
Vinte anos!... não vivi um só momento!

Treno – lamento fúnebre; canto triste. (N.E.)
Dulias – cultos prestados aos anjos e santos. (N.E.)
'Tis vain to struggle – let me perish young! – É inútil lutar – deixe-me morrer jovem! (N.E.)
Primaveras – em sentido figurado: a infância e a juventude. (N.E.)

Contudo no passado uma esperança
Tanto amor e ventura prometia,
E uma virgem tão doce, tão divina
Nos sonhos junto a mim adormecia!...

....

Quando eu lia com ela — e no romance
Suspirava melhor ardente nota,
E Jocelyn sonhava com Laurence
Ou Werther se morria por Carlota,

Eu sentia a tremer, e a transluzir-lhe
Nos olhos negros a alma inocentinha,
E uma furtiva lágrima rolando
Da face dela umedecer a minha!

E quantas vezes o luar tardio
Não viu nossos amores inocentes?
Não embalou-se da morena virgem
No suspirar, nos cânticos ardentes?

E quantas vezes não dormi sonhando
Eterno amor, eternas as venturas,
E que o céu ia abrir-se, e entre os anjos
Eu ia me acordar em noites puras?

Jocelyn; Laurence – personagens do poema "Jocelyn", de Alphonse de Lamartine (1790-1869), sobre um padre em conflito com o celibato. (N.E.)

Werther; Carlota – personagens do romance *Os sofrimentos do jovem Werther*, de Johann Wolfgang von Goethe (1749-1832), em que o amor fracassado por Carlota (Charlotte Buff), noiva de um amigo, leva Werther a se matar. A obra fez muito sucesso em toda a Europa, e a figura atormentada do protagonista chegou a inspirar uma onda de suicídios. (N.E.)

Foi esse o amor primeiro — requeimou-me
As artérias febris de juventude,
Acordou-me dos sonhos da existência
Na harmonia primeira do alaúde!

....

Meu Deus! e quantas eu amei!... Contudo
Das noites voluptuosas da existência
Só restam-me saudades dessas horas
Que iluminou tua alma d'inocência!

Foram três noites só... três noites belas
De lua e de verão, no val saudoso...
Que eu pensava existir... sentindo o peito
Sobre teu coração morrer de gozo!

E por três noites padeci três anos,
Na vida cheia de saudade infinda...
Três anos de esperança e de martírio...
Três anos de sofrer — e espero ainda!

A ti se ergueram meus doridos versos,
Reflexos sem calor de um sol intenso:
Votei-os à imagem dos amores
P'ra velá-la nos sonhos como incenso!

Eu sonhei tanto amor, tantas venturas,
Tantas noites de febre e d'esperança!
Mas hoje o coração desbota, esfria,
E do peito no túmulo descansa!

Alaúde – instrumento musical de cordas, de origem árabe. (N.E.)

Val – vale. (N.E.)

Doridos – dolorosos; que causam compaixão. (N.E.)

Votei – do verbo *votar*: oferecer, dedicar, consagrar. (N.E.)

Pálida sombra dos amores santos,
Passa, quando eu morrer, no meu jazigo:
Ajoelha-te ao luar e canta um pouco,
Que lá na morte eu sonharei contigo!

Lembrança de morrer

No more! O never more!
Shelley

Quando em meu peito rebentar-se a fibra
Que o espírito enlaça à dor vivente,
Não derramem por mim nem uma lágrima
        Em pálpebra demente.

E nem desfolhem na matéria impura
A flor do vale que adormece ao vento:
Não quero que uma nota de alegria
Se cale por meu triste passamento.

Eu deixo a vida como deixa o tédio
Do deserto, o poento caminheiro
— Como as horas de um longo pesadelo
Que se desfaz ao dobre de um sineiro;

Como o desterro de minh'alma errante,
Onde fogo insensato a consumia:
Só levo uma saudade — é desses tempos
Que amorosa ilusão embelecia.

Só levo uma saudade — é dessas sombras
Que eu sentia velar nas noites minhas...
De ti, ó minha mãe, pobre coitada
Que por minha tristeza te definhas!

No more! O never more! – Não mais! Oh! nunca mais! (N.E.)

De meu pai... de meus únicos amigos,
Poucos — bem poucos — e que não zombavam
Quando, em noites de febre endoudecido,
Minhas pálidas crenças duvidavam.

Se uma lágrima as pálpebras me inunda,
Se um suspiro nos seios treme ainda
É pela virgem que sonhei... que nunca
Aos lábios me encostou a face linda!

Só tu à mocidade sonhadora
Do pálido poeta deste flores...
Se viveu, foi por ti! e de esperança
De na vida gozar de teus amores.

Beijarei a verdade santa e nua,
Verei cristalizar-se o sonho amigo...
Ó minha virgem dos errantes sonhos,
Filha do céu, eu vou amar contigo!

Descansem o meu leito solitário
Na floresta dos homens esquecida,
À sombra de uma cruz, e escrevam nela:
— Foi poeta — sonhou — e amou na vida. —

Sombras do vale, noites da montanha
Que minha alma cantou e amava tanto,
Protegei o meu corpo abandonado,
E no silêncio derramai-lhe canto!

Mas quando preludia ave d'aurora
E quando à meia-noite o céu repousa,
Arvoredos do bosque, abri os ramos...
Deixai a lua prantear-me a lousa!

Preludia – do verbo *preludiar*: ensaiar a voz para cantar. (N.E.)
Lousa – laje que cobre a sepultura. (N.E.)

Ideias íntimas

[trechos]

IX

Oh! ter vinte anos sem gozar de leve
A ventura de uma alma de donzela!
E sem na vida ter sentido nunca
Na suave atração de um róseo corpo
Meus olhos turvos se fechar de gozo!
Oh! nos meus sonhos, pelas noites minhas
Passam tantas visões sobre meu peito!
Palor de febre meu semblante cobre,
Bate meu coração com tanto fogo!
Um doce nome os lábios meus suspiram,
Um nome de mulher... e vejo lânguida
No véu suave de amorosas sombras
Seminua, abatida, a mão no seio,
Perfumada visão romper a nuvem,
Sentar-se junto a mim, nas minhas pálpebras
O alento fresco e leve como a vida
Passar delicioso... Que delírios!
Acordo palpitante... inda a procuro;
Embalde a chamo, embalde as minhas lágrimas
Banham meus olhos, e suspiro e gemo...
Imploro uma ilusão... tudo é silêncio!
Só o leito deserto, a sala muda!
Amorosa visão, mulher dos sonhos,
Eu sou tão infeliz, eu sofro tanto!
Nunca virás iluminar meu peito
Com um raio de luz desses teus olhos?

Lânguida – abatida; sensual. (N.E.)
Embalde – em vão, inutilmente. (N.E.)

XIV

Parece que chorei... Sinto na face
Uma perdida lágrima rolando...
Satã leve a tristeza! Olá, meu pajem,
Derrama no meu copo as gotas últimas
Dessa garrafa negra...

Eia! bebamos!
És o sangue do gênio, o puro néctar
Que as almas de poeta diviniza,
O condão que abre o mundo das magias!
Vem, fogoso *Cognac*! É só contigo
Que sinto-me viver. Inda palpito,
Quando os eflúvios dessas gotas áureas
Filtram no sangue meu correndo a vida,
Vibram-me os nervos e as artérias queimam,
Os meus olhos ardentes se escurecem
E no cérebro passam delirosos
Assomos de poesia... Dentre a sombra
Vejo num leito d'oiro a imagem dela
Palpitante, que dorme e que suspira,
Que seus braços me estende...
Eu me esquecia:
Faz-se noite; traz fogo e dous charutos
E na mesa do estudo acende a lâmpada...

Pajem – criado, empregado. (N.E.)
Condão – poder mágico ou sobrenatural. (N.E.)
Eflúvios – exalações; fluidos; aromas. (N.E.)
Assomos – impulsos, ímpetos. (N.E.)

Vagabundo

Eat, drink, and love; what can the rest avail us?
Byron, *Don Juan*

Eu durmo e vivo ao sol como um cigano,
Fumando meu cigarro vaporoso;
Nas noites de verão namoro estrelas;
Sou pobre, sou mendigo, e sou ditoso!

Ando roto, sem bolsos nem dinheiro;
Mas tenho na viola uma riqueza:
Canto à lua de noite serenatas,
E quem vive de amor não tem pobreza.

Não invejo ninguém, nem ouço a raiva
Nas cavernas do peito, sufocante,
Quando à noite na treva em mim se entornam
Os reflexos do baile fascinante.

Namoro e sou feliz nos meus amores;
Sou garboso e rapaz... Uma criada
Abrasada de amor por um soneto
Já um beijo me deu subindo a escada...

Oito dias lá vão que ando cismando
Na donzela que ali defronte mora.
Ela ao ver-me sorri tão docemente!
Desconfio que a moça me namora!...

Eat, drink, and love; what can the rest avail us? – Comer, beber e amar; o que pode nos valer o resto? (N.E.)
Roto – esfarrapado, maltrapilho. (N.E.)
Entornam – do verbo *entornar*: derramar; espalhar. (N.E.)
Garboso – elegante. (N.E.)

Tenho por meu palácio as longas ruas;
Passeio a gosto e durmo sem temores;
Quando bebo, sou rei como um poeta,
E o vinho faz sonhar com os amores.

O degrau das igrejas é meu trono,
Minha pátria é o vento que respiro,
Minha mãe é a lua macilenta,
E a preguiça a mulher por quem suspiro.

Escrevo na parede as minhas rimas,
De painéis a carvão adorno a rua;
Como as aves do céu e as flores puras
Abro meu peito ao sol e durmo à lua.

Sinto-me um coração de *lazzaroni*;
Sou filho do calor, odeio o frio;
Não creio no diabo nem nos santos...
Rezo a Nossa Senhora, e sou vadio!

Ora, se por aí alguma bela
Bem doirada e amante da preguiça
Quiser a nívea mão unir à minha
Há de achar-me na Sé, domingo, à Missa.

Namoro a cavalo

Eu moro em Catumbi. Mas a desgraça
Que rege minha vida malfadada
Pôs lá no fim da rua do Catete
A minha Dulcineia namorada.

Macilenta – em sentido figurado: pálida, sem brilho. (N.E.)

Lazzaroni – em sentido figurado: mendigo, vadio, indivíduo da ralé. (N.E.)

Nívea – branca, da cor da neve. (N.E.)

Dulcineia – nome da amada de Dom Quixote. (N.E.)

Alugo (três mil réis) por uma tarde
Um cavalo de trote (que esparrela!)
Só para erguer meus olhos suspirando
A minha namorada na janela...

Todo o meu ordenado vai-se em flores
E em lindas folhas de papel bordado
Onde eu escrevo trêmulo, amoroso
Algum verso bonito... mas furtado.

Morro pela menina, junto dela
Nem ouso suspirar de acanhamento...
Se ela quisesse eu acabava a história
Como toda a Comédia — em casamento.

Ontem tinha chovido... que desgraça!
Eu ia a trote inglês ardendo em chama,
Mas lá vai senão quando uma carroça
Minhas roupas tafuis encheu de lama...

Eu não desanimei. Se Dom Quixote
No Rocinante erguendo a larga espada
Nunca voltou de medo, eu, mais valente,
Fui mesmo sujo ver a namorada...

Mas eis que no passar pelo sobrado
Onde habita nas lojas minha bela
Por ver-me tão lodoso ela irritada
Bateu-me sobre as ventas a janela...

Esparrela – logro, mutreta, trapaça. (N.E.)
Tafuis – luxuosos, vistosos. (N.E.)
Rocinante – nome do cavalo de Dom Quixote. (N.E.)
Lojas – neste caso significa aposentos do pavimento térreo. (N.E.)

O cavalo ignorante de namoros
Entre dentes tomou a bofetada,
Arrepia-se, pula, e dá-me um tombo
Com pernas para o ar, sobre a calçada...

Dei ao diabo os namoros. Escovado
Meu chapéu que sofrera no pagode
Dei de pernas corrido e cabisbaixo
E berrando de raiva como um bode.

Circunstância agravante. A calça inglesa
Rasgou-se no cair de meio a meio,
O sangue pelas ventas me corria
Em paga do amoroso devaneio!...

Minha desgraça

Minha desgraça, não, não é ser poeta,
Nem na terra de amor não ter um eco,
E meu anjo de Deus, o meu planeta
Tratar-me como trata-se um boneco...

Não é andar de cotovelos rotos,
Ter duro como pedra o travesseiro...
Eu sei... O mundo é um lodaçal perdido
Cujo sol (quem mo dera!) é o dinheiro...

Minha desgraça, ó cândida donzela,
O que faz que o meu peito assim blasfema,
É ter para escrever todo um poema,
E não ter um vintém para uma vela.

Pagode – neste caso pode significar zombaria, caçoada, gozação. (N.E.)

Adeus, meus sonhos!

Adeus, meus sonhos, eu pranteio e morro!
Não levo da existência uma saudade!
E a tanta vida que meu peito enchia
Morreu na minha triste mocidade!

Misérrimo! votei meus pobres dias
À sina douda de um amor sem fruto,
E minha alma na treva agora dorme
Como um olhar que a morte envolve em luto.

Que me resta, meu Deus? morra comigo
A estrela de meus cândidos amores
Já que não levo no meu peito morto
Um punhado sequer de murchas flores!

Glória moribunda

[trecho]

Une fille de joie attendait sur la borne.
Théoph. Gautier

I

É uma visão medonha uma caveira?
Não tremas de pavor, ergue-a do lodo.
Foi a cabeça ardente de um poeta,
Outrora à sombra dos cabelos loiros.
Quando o reflexo do viver fogoso
Ali dentro animava o pensamento,
Esta fronte era bela. Aqui nas faces
Formosa palidez cobria o rosto:
Nessas órbitas — ocas, denegridas! —
Como era puro seu olhar sombrio!

Une fille de joie attendait sur la borne – Uma mulher da vida esperava sobre a lápide. (N.E.)

Agora tudo é cinza. Resta apenas
A caveira que a alma em si guardava,
Como a concha no mar encerra a pérola,
Como a caçoula a mirra incandescente.

Tu outrora talvez desses-lhe um beijo;
Por que repugnas levantá-la agora?
Olha-a comigo! Que espaçosa fronte!
Quanta vida ali dentro fermentava,
Como a seiva nos ramos do arvoredo!
E a sede em fogo das ideias vivas
Onde está? onde foi? Essa alma errante
Que um dia no viver passou cantando,
Como canta na treva um vagabundo,
Perdeu-se acaso no sombrio vento,
Como noturna lâmpada apagou-se?
E a centelha da vida, o eletrismo
Que as fibras tremulantes agitava
Morreu para animar futuras vidas?

Sorris? eu sou um louco. As utopias,
Os sonhos da ciência nada valem.
A vida é um escárnio sem sentido,
Comédia infame que ensanguenta o lodo.
Há talvez um segredo que ela esconde;
Mas esse a morte o sabe e o não revela.
Os túmulos são mudos como o vácuo.
Desde a primeira dor sobre um cadáver,
Quando a primeira mãe entre soluços
Do filho morto os membros apertava
Ao ofegante seio, o peito humano
Caiu tremendo interrogando o túmulo...
E a terra sepulcral não respondia.

Caçoula – recipiente usado para queimar substâncias aromáticas. (N.E.)
Mirra – resina usada como incenso. (N.E.)
Utopias – quimeras, fantasias, ilusões. (N.E.)
Escárnio – zombaria, caçoada, sarcasmo. (N.E.)

Levanta-me do chão essa caveira!
Vou cantar-te uma página da vida
De uma alma que penou, e já descansa.

Teresa

Je l'ayme tant que je n'ose l'aymer.
Clément Marot

Quando junto de mim Teresa dorme,
Escuto o seio dela docemente:
Exalam-se dali notas aéreas,
Não sei que de amoroso e de inocente!

Coração virginal é um alaúde
Que dorme no silêncio e no retiro...
Basta o roçar das mãos do terno amante,
Para exalar suavíssimo suspiro!

Nas almas em botão, nesse crepúsculo
Que da infante e da flor abre a corola,
Murmuram leve os trêmulos sentidos,
Como ao sopro do vento uma viola.

Diz — amor! — essa voz da lira interna,
É suspiro de flor que o vento agita,
Vagos desejos, ânsia de ternura,
Uma brisa de aurora que palpita.

Como dorme inocente esta criança!
Qual flor que abriu de noite o níveo seio,
E se entrega da aragem aos amores,
Nos meus braços dormita sem receio.

Je l'ayme tant que je n'ose l'aymer. – Eu a amo tanto que não ouso amá-la. (N.E.)
Aragem – brisa; em sentido figurado: momento favorável. (N.E.)

O que eu adoro em ti é no teu rosto
O angélico perfume da pureza;
São teus quinze anos numa fronte santa
O que eu adoro em ti, minha Teresa!

São os loiros anéis de teus cabelos,
O esmero da cintura pequenina,
Da face a rosa viva, e de teus olhos
A safira que a alma te ilumina!

É tua forma aérea e duvidosa
— Pudor d'infante e virginal enleio;
Corpo suave que nas roupas brancas
Revela apenas que desponta o seio.

Eu sei, mimosa, que tu és um anjo
E vives de sonhar, como as Ondinas,
E és triste como a rola, e quando dormes
Do peito exalas músicas divinas!

Ah! perdoa este beijo! eu te amo tanto!
Eu vivo de tua alma na fragrância...
Deixa abrir-te num beijo as flores d'alma,
Deixa-me respirar na tua infância!

Não acordes tão cedo! enquanto dormes
Eu posso dar-te beijos em segredo...
Mas, quando nos teus olhos raia a vida,
Não ouso te fitar... eu tenho medo!

Enleio – forte encanto; atrativo; êxtase. (N.E.)
Ondinas – na mitologia nórdica, ninfas do amor que vivem nas águas. (N.E.)
Rola – certo tipo de ave, também conhecida como pomba-rola e rolinha. (N.E.)

Enquanto dormes, eu te sonho amante,
Irmã de serafins, doce donzela;
Sou teu noivo... respiro em teus cabelos
E teu seio venturas me revela...

Deliro... junto a mim eu creio ouvir-te
O seio a suspirar, teu ai mais brando,
Pouso os lábios nos teus; no teu alento
Volta minha pureza suspirando!

Teu amor como o sol apura e nutre;
Exala fresquidão, é doce brisa;
É uma gota do céu que aroma os lábios
E o peito regenera e suaviza.

Quanta inocência dorme ali com ela!
Anjo desta criança, me perdoa!
Estende em minha amante as asas brancas,
A infância no meu beijo abandonou-a!

Serafins – anjos. (N.E.)

Apura – do verbo *apurar*: purificar, tornar puro. (N.E.)

Se eu morresse amanhã!

Se eu morresse amanhã, viria ao menos
Fechar meus olhos minha triste irmã;
Minha mãe de saudades morreria
    Se eu morresse amanhã!

Quanta glória pressinto em meu futuro!
Que aurora de porvir e que manhã!
Eu perdera chorando essas coroas
    Se eu morresse amanhã!

Que sol! que céu azul! que doce n'alva
Acorda a natureza mais louçã!
Não me batera tanto amor no peito
    Se eu morresse amanhã!

Mas essa dor da vida que devora
A ânsia de glória, o dolorido afã...
A dor no peito emudecera ao menos
    Se eu morresse amanhã!

Alva – alvorada, aurora. (N.E.)
Louçã – bela, viçosa. (N.E.)
Afã – ansiedade, inquietação. (N.E.)

Ao leitor

FOTO Yara Eleodora

Alma de fogo foi concebido por causa da minha admiração por Álvares de Azevedo. Ele nasceu na minha cidade, São Paulo, cresceu no Rio de Janeiro e estudou, poetou e aprontou muito aqui na Pauliceia, como ele chamava a capital paulista. Apesar de após a morte ter se tornado um mito, o Maneco era como a gente: gostava de usar a roupa da moda, lia as coisas em voga na época, tinha que acordar cedo para ir à escola, prestar conta dos estudos à família... até morrer, aos vinte anos.

A história policial que você acabou de ler foi inventada. Contudo, tirando a fantasia do *serial killer*, o resto é (quase) tudo verdade.

Laura, a Laurita, ainda que involuntariamente, foi a causadora da morte do estudante Feliciano Coelho Duarte, colega de Álvares de Azevedo. Judite é descrita por um contemporâneo como uma linda judia muito admirada. O seu túmulo teria sido violado pelos estudantes, que depois, dizem, desfilaram com o cadáver pela cidade. As festas da Sociedade Concórdia existiram de verdade e eram consideradas uma chatice pelos estudantes, que gostavam mesmo era dos "bailes sifilíticos", frequentados pelo povão e por moças de reputação nada ilibada. Há ainda registros dos terríveis campos de leprosos, onde os doentes de hanseníase viviam isolados. O Francisco de Rezende, figura real, que escreveu um importante livro de memórias da época, chamado *Minhas recordações*, nunca se vestiu de mulher, mas o Álvares de Azevedo sim. Segundo a crônica familiar, aconteceu num baile de carnaval, e ele fez isso para se passar pela irmã, a fim de enganar um pretendente à mão dela. O falso velório que abre o livro, segundo testemunhas da época, aconteceu mesmo. Como eles viviam de mesada, o dinheiro acabava logo, e a morte do Maneco foi tramada pelo Bernardo Guimarães para arrecadar um troco. Depois eles torraram tudo na farra. Maneco, Bernardo e Aureliano nunca foram recebidos pelo imperador, que, no entanto, anos depois, foi grande admirador do Bernardo. O Gontijo Feijó é inventado, uma versão romanceada de um chefe de polícia descrito por Maneco em carta à mãe. Bernardo Guimarães implicava de verdade com o Brotero, e batizou de "broteradas" os lapsos de linguagem do diretor da faculdade de direito.

O Joaquim Manuel de Macedo, que escreveu *A moreninha*, todo mundo conhece: o que pouca gente sabe é que ele era parente do Maneco, e foi quem prestou a última homenagem ao primo, lendo à beira do túmulo o poema "Se eu morresse amanhã", tristemente premonitório. E, ao contrário do que se pensava, Álvares de Azevedo não morreu de tuberculose, e sim de complicações causadas por uma queda de cavalo. A ferida supurou e, numa época em que os antibióticos não existiam, a infecção foi fatal.

Por fim, Teresa é personagem de versos azevedianos, e um de seus poemas é dedicado "a T...", uma pessoa real. Seria a nossa Teresa? Ninguém sabe. A poesia de Álvares de Azevedo e a vida do Maneco se confundem.

Muitas situações descritas no livro são chocantes. As histórias em torno do Álvares de Azevedo e seus confrades são sempre assim, inesperadas, engraçadas, muitas vezes macabras, mas sempre originais... parece até que foram escritas por ele!

Como você pode ver, nessa história toda, lenda e realidade são praticamente uma coisa só. Eu gosto de imaginar o que pode ser verdade e o que pode ser mentira, fica mais interessante assim. Fantasiar é como dormir e sonhar: além de mais divertido, é revelador.

Por isso fiz questão de apresentar o meu Maneco. Demorou para eu ser apresentado a ele, por isso quis que você o conhecesse logo.

Muito prazer, pessoal.

Mario Teixeira

Obras consultadas

Alencastro, Luiz Felipe de, org. *Império: a corte e a modernidade nacional*. São Paulo, Companhia das Letras, 1997. (Coleção História da vida privada no Brasil, dir. Fernando A. Novais, v. 2.)

Álvares de Azevedo. *Obra completa*. Organização de Alexei Bueno. Rio de Janeiro, Nova Aguilar, 2000.

______. *Poesias completas*. Edição crítica de Péricles Eugênio da Silva Ramos. Organização de Iumna Maria Simon. Campinas/São Paulo, Editora da Unicamp/Imprensa Oficial do Estado, 2002.

Barros, Maria Paes de. *No tempo de dantes*. Prefácio de Monteiro Lobato. São Paulo, Paz e Terra, 1998.

Cardoso, Lúcio. *Álvares de Azevedo – Gonçalves Dias*. MEC, s.d. (Coleção Brasil, n. 28.)

Guimarães, Bernardo. *Poesia erótica e satírica*. Prefácio, organização e notas de Duda Machado. Rio de Janeiro, Imago, 1992.

Haddad, Jamil Almansur. *Álvares de Azevedo, a maçonaria e a dança*. São Paulo, Conselho Estadual de Cultura, 1960.

______. *O romantismo brasileiro e as sociedades secretas do tempo*. Tese apresentada ao concurso para a cadeira de literatura brasileira da Faculdade de Filosofia, Ciências e Letras da Universidade de São Paulo. São Paulo, 1945 (cópia xerox).

Jordão, Vera Pacheco. *Maneco, o byroniano*. MEC, Serviço de Documentação, Departamento de Imprensa Nacional, 1955.

Lessa, Aureliano. *Poesias*. Edição, apresentação e notas de José Américo Miranda. Belo Horizonte, Faculdade de Letras/Editora UFMG, 2000.

Loewenstamm, Kurt. *Vultos judaicos no Brasil*. Rio de Janeiro, Monte Scopus, 1956. (V. II, Império 1822-1889.)

Magalhães Júnior, Raimundo. *Poesia e vida de Álvares de Azevedo*. São Paulo, Livros Irradiantes, 1971.

Moura, Carlos Eugênio Marcondes de, org. *Vida cotidiana em São Paulo no século XIX*. São Paulo, Ateliê Editorial/Imprensa Oficial do Estado/Editora Unesp/Secretaria de Estado da Cultura, 1999.

Pires de Almeida. *A escola byroniana no Brasil*. São Paulo, Conselho Estadual de Cultura, 1962.

Raeders, Georges. *O conde de Gobineau no Brasil*. São Paulo, Paz e Terra, 1997.

Rezende, Francisco de Paula Ferreira de. *Minhas recordações*. Belo Horizonte/São Paulo, Itatiaia/Editora da Universidade de São Paulo, 1988.

Toledo, Roberto Pompeu de. *São Paulo, a capital da solidão*. Rio de Janeiro, Objetiva, 2003.

Wolff, Egon e Frieda. *Os judeus no Brasil Imperial*. São Paulo, Centro de Estudos Judaicos/USP, 1975.

Créditos das fotos

P. 150: Rua da Palha com Ladeira de São Francisco, em 1862. © Militão Augusto de Azevedo.

P. 151: *Foto 1* – Largo do Ouvidor, em 1862, tendo ao fundo a Escola de Direito e a Igreja de São Francisco. © Militão Augusto de Azevedo. *Foto 2* – Retrato de José de Alencar. © Jamie Acioli/Fundação Biblioteca Nacional.

P. 152: *Foto 1* – Capela dos Aflitos. © Mário Rodrigues/Editora Abril. *Foto 2* – Mário de Andrade em seu estúdio. © Arquivo Mário de Andrade/Instituto de Estudos Brasileiros da Universidade de São Paulo.

P. 153: Retrato de Gonçalves Dias. © Jamie Acioli/Fundação Biblioteca Nacional.

P. 154: *Foto 1* – Nívea Maria na novela *A moreninha*. © Divulgação. *Foto 2* – Retrato de Joaquim Manuel de Macedo. © Jamie Acioli/Fundação Biblioteca Nacional.

P. 155: *Foto 1* – Lucélia Santos e Rubens de Falco na novela *A escrava Isaura*. © Divulgação. *Foto 2* – Retrato de Bernardo Guimarães. © Reprodução.

P. 157: *Moonrise over a country cemetery*. © Dan Jurak/First Light/Getty Images.

P. 158: *Foto 1* – Retrato de Álvares de Azevedo. © Fundação Biblioteca Nacional. *Foto 2* – Drácula. © Jerry Tavin/Everett Collection/Latinstock.